Cet ouvrage est publié à l'occasion de l'exposition « Crimes et Délices » de Bachelot Caron,
à l'Hôtel de l'Industrie, 4, place Saint-Germain-des-Prés, 75006 Paris, juin 2008.
*This catalogue accompanies the Bachelot Caron's exhibition « Crimes et Délices »
at the Hôtel de l'Industrie, 4, place Saint-Germain-des-Prés, 75006 Paris, June 2008.*

Toutes les œuvres / *All works* courtesy Sébastien Nahon
www.sebastiennahon.com

Graphisme / *Graphics* : Patrick Tanguy, Nuit de Chine
Contribution éditoriale / *Copyeditor* : Philippe Rollet
Traduction / *Translation* : John Tittensor
Direction d'ouvrage / *Editor* : Michaële Liénart

© Éditions du Panama, Paris, 2008
26, rue Berthollet – 75005 Paris
www.editionsdupanama.com

ISBN : 978-2-7557-0374-0
Imprimé en Espagne (Union européenne)
Printed in Spain (European Union)
Dépôt légal : deuxième trimestre 2008
Copyright deposit: second quarter 2008

En couverture / *Cover* : **Weidmann** (détail / *detail*)

Page précédente / *Previous page* : **La Mélancolie**
Tableau photographique / *Colored photograph*
120 x 93 cm

Sébastien Nahon
présente / *presents*

bachelot caron

crimes et délices

Texte de / *Text by* Jacques Henric

Préface de / *Foreword by* Claude Chabrol

PANAMAMUSĒES

Le fait divers nous fascine. Sans doute parce qu'il nous renseigne crûment sur nous-mêmes et nous rappelle que la nature humaine, pour multiple qu'elle soit, reste indivisible. Je me rappelle, pendant la peu glorieuse époque de l'Occupation, avoir trouvé chez un notaire creusois une impressionnante collection du *Petit Journal illustré* dont la une et quelques pages intérieures évoquaient, avec un réalisme quelque peu prodigue, les grands et petits crimes perpétrés au début du siècle dernier. Évocations fascinantes et révélatrices pour un préadolescent, mais dont la lourde crudité engendrait une sorte de frustration artistique à l'époque plus évidente qu'analysable. Ces souvenirs expliquent peut-être partiellement mon coup de foudre pour l'œuvre du couple Bachelot Caron.

À mon avis, ces deux-là ont résolu la quadrature du cercle vicieux : ajouter une force artistique à l'illustration précise et sans concession du sordide et parfois même de l'horrible. Pour cela, ils ont trouvé une solution chère à mon cœur : la mise en scène. J'entends par là une organisation du cadre à la fois évidente et révélatrice – révélatrice parce qu'évidente –, une disposition des personnages, des objets et des éléments de la nature qui accentue encore cette évidence, et un art de la lumière, une justesse et, là encore, une évidence, qui font bien sûr irrésistiblement penser aux plus grandes figures du cinématographe.

Quand je les ai rencontrés, ce Bachelot, cette Caron, leur humilité m'a frappé. Non qu'ils soient inconscients de la qualité de ce qu'ils font, mais ils sont plus sensibles à de petites imperfections qu'ils trouvent çà et là – ils sont bien les seuls – qu'à l'étonnante efficacité de leur démarche.

Oui, ces deux-là travaillent, pensent, analysent et réussissent à transmettre le résultat de leurs analyses, de leur pensée et de leur travail. Ils transforment les plus terribles cauchemars de la nature humaine en éléments de beauté. Ils ont une forme de grâce.

Claude Chabrol

There's something fascinating about news items—doubtless because they speak bluntly to us about ourselves and remind us that however varied human nature may be, it remains universal. I remember once being in a country notary's waiting room during the dark days of the Occupation, and finding a stack of Le Petit Journal illustré, *whose covers and inside pages luridly recounted the great and not so great crimes of the early years of the century. As fascinating and revealing as the illustrations may have been for a preteen, their sheer crudeness left me with a sense of artistic frustration—natural enough at the time, but hard to analyze. Maybe these memories partially explain why for me the Bachelot & Caron oeuvre was love at first sight.*

For these two have succeeded in squaring the vicious circle, in bringing artistic power to the exact, uncompromising illustration of the sordid and even the horrendous. And they've done this using a gambit dear to my heart: mise en scène. By which I mean the organization of a framework both obvious and revelatory, and revelatory because obvious: an arrangement of characters, objects and aspects of nature that emphasize the obviousness; plus a skill, a precision—and once again, an obviousness—of lighting that means you just can't help thinking of the great figures of the cinema.

When I met them—this Bachelot, this Caron—I was struck by their humility. It's not that they're unaware of the quality of their work, but rather that they're more sensitive to the small imperfections they—and nobody else—can spot here and there, than to the dazzling effectiveness of their approach.

These two work, think, and analyze; and manage to communicate the result of this analyzing, thinking and working. They transmute human nature's most terrible nightmares into beauty. And there's a kind of grace in that.

Claude Chabrol

L'Origine du meurtre
Tableau photographique / *Colored photograph*
123 x 180 cm

La Nuit
Tableau photographique / *Colored photograph*
100 x 150 cm

Les chorégraphies du mal

Jacques Henric

Il me plaît, en ces temps d'inflation conceptuelle, d'hypertrophie théorique, de réanimations artificielles de métaphysiques épuisées, de surproduction livresque où le pathos sentimental le dispute à un sociologisme vulgaire, il me plaît que deux photographes, sans tambours doctrinaux ni trompettes transcendantales, à partir de leur seule pratique de preneurs d'images, mènent aujourd'hui une démonstration rigoureuse concernant un des problèmes qui ont agité nos frères humains depuis leurs débuts et les ont constitués dans leur humanité, à peine venaient-ils d'émerger de leur nuit animale. Je veux parler de la nature des liens de l'image et de l'écrit, des représentations iconique et verbale dans leurs rapports à la pensée.

Il me plaît que ces deux créateurs d'images, Louis Bachelot et Marjolaine Caron, aient au départ trouvé pour terrain de leurs opérations, non le milieu de l'art, un milieu convenu, bien balisé, esthétiquement et idéologiquement surveillé, mais celui d'une presse dite populaire, laquelle, n'en déplaise à une intelligentsia hautaine, a ses lettres de noblesse et n'est justifiable d'aucune sorte de mépris. J'ai pour ma part, pendant des années, et je l'avoue sans honte, été un lecteur assidu de *Détective* et de feu *Radar*, dont je me souviens du slogan publicitaire : « *Radar* était là ! »

Eh oui, tout est là : être là ! Là où il faut être et au moment, à l'instant, où il faut l'être. Quand on fait un travail d'information, ou quand on se consacre à une tâche littéraire ou artistique, c'est l'exigence majeure, la condition sans laquelle toute activité d'ordre symbolique est vaine. Être là où il faut être, c'est être au plus près de ce qui fait l'humain, au plus près de ce qui est le noyau radioactif de son humanité en même temps que de son inhumanité. Or, c'est sur le lieu et à l'instant même de la crise, du paroxysme de la crise, quand il aime à la déraison, quand il violente, mutile, viole, massacre…, qu'il donne à voir ce qui fait la tantôt sublime tantôt atroce spécificité de l'homme, tantôt ange tantôt bête, tantôt incarnation d'un dieu en gloire tantôt image de quelque ignominieux démon. C'est être, non pas perdu, comme hélas une grande partie de la production romanesque nous y convie, dans les brumes d'une psychologie de bazar, d'une sociologie normatrice, dans les sirops d'une moraline, pour reprendre le mot de Nietzsche, dispensatrice de bons sentiments, et dans les bains émollients d'un humanisme abstrait, mais c'est être là à l'instant où le mari jaloux flingue sa femme qui le trompe, où la femme élimine l'épouse de son amant, où une mère tue son enfant, où un pédophile passe à l'acte, où le sang coule d'une gorge ouverte, où surgit d'un amas de feuillages le corps dénudé d'une jeune femme assassinée, où un homme baigne dans son sang sur les carreaux d'une salle de bains, où un sadique tue une vieille femme, où des mains noient, où des mains étranglent, où des mains écrasent un crâne, enfoncent un couteau dans un ventre, appuient sur une gâchette… Homicides, infanticides, incestes, matricides, parricides, fratricides… Sexe et pulsion de mort sont à la fête. On sait depuis Freud – mais avant lui toute la littérature et l'art, depuis l'homme blessé et bandant de la grotte de Lascaux, depuis la Bible, les Tragiques grecs, la grande poésie épique, les écrits de Sade, les films de Pasolini, etc., nous l'ont mis en mots et en images – que sexe et pulsion de mort sont bien les pulsions fondamentales de l'humain, qu'Éros et Thanatos sont constamment au poste de commande. Bachelot et Caron, sollicités par l'hebdo qui chaque semaine, comme un peintre fonce au motif – sauf qu'en l'occurrence le motif n'est pas une perspective de vertes collines, d'accueillants sous-bois, mais le spectacle de corps humains bien saignants –, mettent en scène le moment tragique, l'instant ultime, le passage à l'acte irréversible,

Jeanne Weber
Tableau photographique / *Colored photograph*
134 x 112 cm

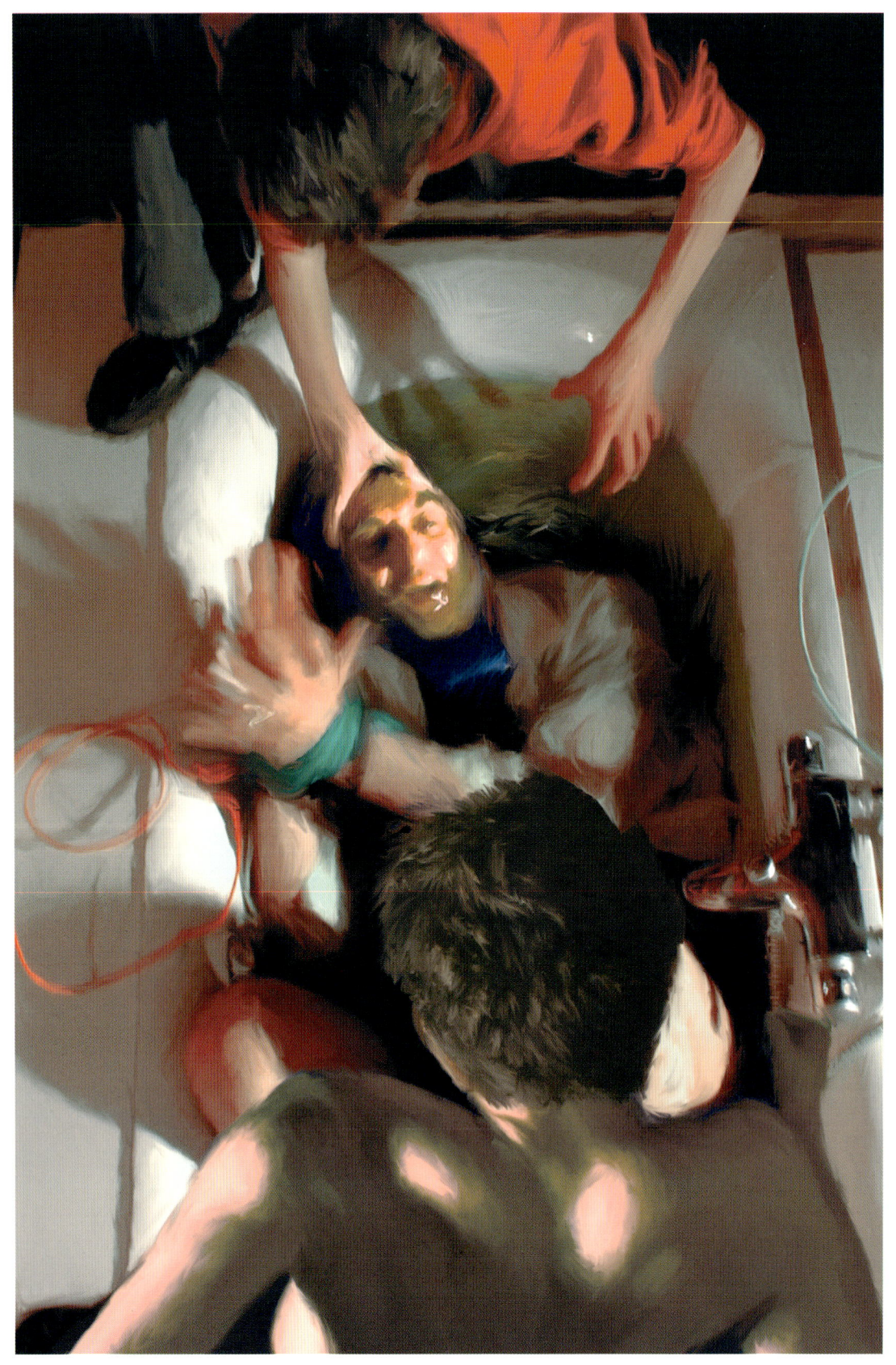

l'irrévocable et irrémissible saut dans l'abîme sans fond du Mal, où le conflit entre les deux forces antagonistes qui régissent le psychisme vient d'atteindre son acmé et de bouleverser des destins.

« Il n'y a pas tant de différence que ça entre un meurtre et un mariage. Tous deux participent de la même exaltation des sentiments. De la même folie », déclarait Louis Bachelot lors d'une interview. Belle lucidité que de pointer ainsi que la famille, comme l'écrivit Aristote, est le « nœud tragique » par excellence. Les scènes de crime mises en image par Bachelot et Caron ne se sont pas nécessairement produites au sein du cocon familial, mais toutes ont leur origine (relire, j'y reviens, Homère, Sophocle, Euripide et Freud) dans ce nid grouillant de vipères où se préparent les charniers à venir, y compris les charniers de masse dont l'Histoire a été prodigue. Aux diverses hypothèses selon lesquelles au début aurait été le Verbe (Bible), l'Émotion (Céline), le Sexe (Calaferte), l'Amour (les Évangiles), en manquait une : au début aurait été la Haine, laquelle aurait précédé l'Amour. Spinoza, dans *L'Éthique* : « L'amour serait moins grand si la haine ne l'avait précédé. » C'est l'horreur d'abord éprouvée par la Belle pour la Bête qui la lui fera aimer à la folie. Ce n'est pas gai, direz-vous. Qui a dit que la mission de l'écrivain, de l'artiste, était de nous bourrer le mou avec de gentilles comptines sur l'amour-toujours et sur la bonté innée de l'homme ? Qui a dit que penser le mal, et le mettre crûment sous nos yeux, comme le font Bachelot et Caron, n'avait rien d'une épreuve bouleversante ? Qui a dit que l'écrivain, ou l'artiste, en quête de la vérité, avait mieux à faire qu'à se lancer dans le repérage des dévastations de l'amour ? Qui a dit que les lieux perdus, un sous-bois, une carrière, un chemin de terre, une cuisine ou une salle de bains minables seraient les moins adaptés à l'explosion de la grande fureur de l'homme pour l'homme ?

Le fait dit divers n'est divers que dans ses procédures. Dans son fond, dans son essence, il est un, comme j'ai tenté de le montrer plus haut. La force du travail de Bachelot et Caron est précisément de mettre en évidence, par les choix de la mise en scène (choix de l'espace, du cadrage, de la perspective, des acteurs, de leur gestuelle…), puis par leur intervention sur le cliché via l'ordinateur, que dans leur infinie diversité (lieux, motifs et modes de la tuerie, personnalité des criminels, etc.) les scènes sont à la fois infiniment substituables les unes aux autres et sont toutes, paradoxalement, d'une tonalité, d'une puissance expressive différentes, et toutes, donc, d'une singularité absolue.

« *Radar* était là ! », « *Détective* était là ! » Pour chaque fait divers, Bachelot et Caron sont-ils là, eux aussi ? Pas vraiment. D'ailleurs ni *Radar* hier, ni *Détective* aujourd'hui, ne sont évidemment présents quand le crime se commet. Ils arrivent après la bataille, si je puis dire, on le leur raconte, ils en font un article et commandent une illustration. Bachelot et Caron sont encore moins là puisqu'ils travaillent dans des après-coups et à partir de filtres, dont le récit oral des témoins puis l'article rédigé par le journaliste, et c'est alors seulement qu'ils sont sollicités, non pour dessiner la scène comme il était de coutume de le faire auparavant dans ce type de magazines, mais pour la mettre en image photographique, en la reconstituant à l'aide d'acteurs bénévoles (leurs enfants, leurs amis, leurs voisins ou eux-mêmes). Et c'est là, j'en reviens au début de mon texte, que se joue un des féconds conflits qui ont nourri au long des siècles la théologie, la philosophie et la pensée de l'art : le conflit entre l'écrit et l'image. Qui est le premier, le mot, l'image ? Lequel est le plus chargé de sens ? Lequel a le plus d'impact émotionnel et est porteur de plus d'informations ? Slogan publicitaire de *Paris-Match* : « Le poids des mots, le choc des photos ». Faut-il penser les choses en termes de compétition, de conflit, ou, comme le suggère *Paris-Match* (mais aussi *Détective* ?), comme un signalé coup de main que le récit écrit et son illustration imagée se donnent l'un à l'autre ? Dès les premiers siècles de l'ère chrétienne, les Pères de l'Église, eux, avaient tranché : « L'œil est la pierre de touche. » Priorité est ainsi donnée au visuel, et un encouragement à la création artistique. Oublié l'interdit biblique premier de la figuration non seulement de Dieu, mais, comme il est dit dans la Genèse, de tout ce qui est sur terre et dans les Cieux. Le dogme de l'incarnation, un Dieu fait homme, fait à l'image de l'homme, rend désormais possible la figuration de la divinité et donne un formidable essor à la peinture, à la sculpture à tous les

Trop-plein
Tableau photographique / *Colored photograph*
120 x 80 cm

arts visuels. La grande peinture occidentale, dans ses périodes les plus fécondes, la Renaissance, le baroque, va peupler au cours des siècles églises et musées. Il y aura bien des coups d'arrêt dus à des mouvements iconoclastes nés au sein même du christianisme. Pour saint Bernard, l'image est un substitut inférieur de l'écrit et doit s'effacer devant lui. La Querelle des images à Byzance, aux VIIe et VIIIe siècles, est à l'origine de guerres meurtrières et de destructions massives d'œuvres d'art ; la Réforme se caractérise également par une idéologie iconophobe, Calvin est encore plus enragé que Luther dans sa haine phobique des images. La Terreur révolutionnaire de 1793 n'y alla pas, elle non plus, de main morte dans le saccage, avec la décapitation des sculptures de saints ornant le fronton des églises. Et les intégrismes religieux d'aujourd'hui, dont le plus virulent est l'islamisme, maintiennent cette sinistre tradition (voir la récente affaire des caricatures de Mahomet). C'est dire que nos deux artistes, Louis Bachelot et Marjolaine Caron, dans ces lointaines époques troublées (et aujourd'hui dans certaines zones du monde sous emprise religieuse), auraient eu du mouron à se faire ; ils auraient été, au mieux mis au chômage, au pire, eux et leurs images, balancés dans quelque décharge (beau sujet pour un *Détective* de l'époque !). Sûr que saint Bernard serait sorti furibard de son abbaye cistercienne et leur aurait lancé : « Pourquoi peignez-vous ce qu'il est nécessaire de piétiner ? », et qu'avec Calvin, leurs « vilenies » les auraient conduits sur le bûcher où périt Michel Servet. Mais Dieu des arts merci, les réactions à ces courants nihilistes furent toujours vigoureuses et, à plus ou moins longue échéance, victorieuses. La Contre-Réforme (que Philippe Sollers souhaite nommer plus justement la Révolution catholique) en fut une, et si je le rappelle ici, c'est que le travail de Bachelot et Caron me semble se situer dans l'esprit de cet art baroque qui fit la grandeur de l'Europe aux XVIIe et XVIIIe siècles.

La grande affaire du baroque, comme pour Bachelot et Caron aujourd'hui, n'était-elle pas celle de l'être, du paraître, de la nature et de l'artificiel, celle du vrai et du faux ? Et cette problématique du baroque ne renvoie-t-elle pas à celle, générale, de l'art ? Comment faire du vrai plus vrai que le vrai avec du faux, vu que le vrai n'est pas plus vrai, ni faux, que le faux, et le faux pas plus faux, ni vrai, que le vrai ? Le faux – ces photographies reconstituant un événement vrai – passe donc au service du vrai, mais ce vrai n'est-il pas déjà un vrai faux puisque ce n'est pas le réel vrai que met en scène la photo mais un récit de l'événement, donc déjà un faux vrai ou un vrai faux ? Voilà de quoi donner le tournis au spectateur et au commentateur des clichés exposés dans cet Hôtel de l'Industrie, pris qu'ils sont dans l'entrelacs de l'authenticité et de la fable, d'une mimesis (ces acteurs mis en scène) poussée au-delà de la ressemblance (outrance du jeu, des expressions), d'une aventure singulière d'un événement réel devenu fiction, laquelle se déguise en histoire vraie, d'un mirage perçu comme l'avènement de la vérité, d'une série de mises à mort, les réelles, les racontées, et l'ultime qui est la mise à mort qu'est toute prise de vue photographique, temps à jamais arrêté par l'instantané.

« Ils ont des yeux pour ne pas voir », dit l'Évangile. Eh bien, il y a dans une province reculée de France ces deux photographes, Marjolaine Caron et Louis Bachelot, qui relèvent le défi : « ils » ne veulent pas voir ? Ah bon ! alors, avec appareil photo et ordinateur, on va le leur montrer ! Mais « ils », c'est qui ? « Ils », c'est nous tous, c'est vous, c'est moi. Et voir quoi ? Ce que tout homme d'images digne de ce nom, peintre, cinéaste, photographe, vidéaste, devrait nous mettre constamment sous le nez, ce « quelque chose », dont parle Lacan, qui se résume ainsi : « Tu veux regarder, eh bien, vois donc ça ! » Et Lacan de poser la question : « Pourquoi l'œil comme organe à nourrir, l'œil plein de voracité, est-il le mauvais œil, jamais le bon ? […] Je veux dire que celui qui regarde est amené par la peinture à poser bas son regard. À le poser bas, plus bas que le ventre, à le poser si bas que c'est le déposer, comme on dit déposer les armes ! » Ce n'est pas l'ange qui est donné à voir, mais la bête, plutôt celui qui sait se montrer pire que la bête : l'homme. « L'homme, écrit Georges Bataille, est le seul animal qui tue ses semblables avec fureur et obstination […]. Mais il est aussi le seul que la mort de ses semblables trouble d'une manière absolument déchirante. » Ce sont ces deux affects

Double page suivante / *Following double page* : **L'Ascenseur**
Tableau photographique / *Colored photograph*
126 x 180 cm

qu'un geste d'art doit donner à voir. Diriger l'objectif vers le plus « bas » de l'humain (sa part liée au Mal), et par un savant travail sur l'image, communiquer à celle-ci la force d'une sommation. « Déposez les armes ! », telle est peut-être, loin de tout pathos moral, la leçon des œuvres de Bachelot et Caron, dont la beauté formelle rédime la violence du contenu.

Homo in imagine ambulat, « L'homme marche dans l'image » (Psaumes, 38-11). Prenons le verbe marcher dans deux de ses possibles sens : le propre, le figuré. Le propre : mettre un pied devant l'autre, avancer… Puissance des images : comme Diderot qui, visitant les Salons, ne se contentait pas d'admirer un tableau de l'extérieur, mais pénétrait à l'intérieur, se déplaçait dans son espace, côtoyait les personnages peints, nous entrons dans la pièce où le tueur Thierry Paulin vient d'assassiner sa énième vieille dame, nous approchons de la table ronde, tournons autour, examinons le cadavre affalé sur le fauteuil ; là, nous marchons dans la carrière, les pieds dans la boue d'hiver, passons devant le corps de la jeune femme morte, nous retenant de recouvrir ses jambes dénudées, et nous nous dirigeons vers l'ouvrier casqué pour le questionner sur les circonstances du crime, s'il en a été témoin ; là, dans *Open Way*, nous ne marchons pas, nous courons derrière l'homme au fusil et la femme qui semble fuir devant lui, allons-nous les rattraper, empêcher le type de la flinguer parce qu'il aurait découvert qu'elle avait un amant ? Nous nous racontons les histoires, nous brodons dessus, y ajoutons nos peurs, nos désirs, nos phobies, nos fantasmes, nous vivons les scènes, émotionnellement, disons (second sens du mot, figuré), nous « marchons », nous croyons à l'histoire mais sans y croire vraiment. Est-ce une histoire vraie transformée en fiction, ou une fiction déguisée en histoire vraie ? À l'origine, on le sait, c'est bien du vrai, du vécu, mais le voilà sous nos yeux, restitué avec une malicieuse touche grand-guignolesque. Les esthétiques du baroque et de l'expressionnisme, conjuguant leurs efforts, font ici merveille. Maupassant qui, pour traiter dans ses livres les scènes d'horreur, de viol et de crime en tout genre, disait aspirer à une « vision plus complète que la réalité même », aurait été servi avec les tableaux (qualifions-les plus proprement ainsi, ces photos grand format) de Bachelot et Caron. Mais ce partisan d'une littérature naturaliste aurait-il été sensible à l'évidente touche d'humour dans le regard, avec laquelle Louis Bachelot et Marjolaine Caron appréhendent le réel le plus dramatique, le plus noir ?

Pendant des siècles, en Occident, la peinture a eu une modeste fonction narrative (ce qui l'a souvent empêchée d'être à l'origine d'authentiques chefs-d'œuvre artistiques). Elle s'adressait prioritairement à ceux qui ne savaient pas lire et à qui l'on devait enseigner l'histoire sainte. Les images dans les églises remédiaient ainsi au déficit du texte écrit. Encore ne fallait-il pas que ces peintures fissent l'objet d'adorations intempestives. Seule l'hostie, vrai corps du Christ, pouvait aspirer à ce statut, pas les images. Différence sur ce point entre les religions orthodoxe (qui fait, des icônes, des objets d'adoration) et catholique, apostolique et romaine. Charlemagne et les très savants théologiens carolingiens, dans le débat déjà évoqué par moi précédemment, entre iconoclastes et iconodules, adoptèrent la plus sage des attitudes : les images ne méritaient ni cet excès d'hommage (objets de vénération), ni cette indignité (suppôts du diable). Un couillon d'évêque de Marseille, en 599, craignant que ses ouailles se mettent à se prosterner devant les peintures de saints accrochées aux murs des églises, en commanda la destruction. Il se fit aussitôt sonner les cloches par son pape, Grégoire le Grand, qui le somma d'arrêter ses actes de vandalisme. « Une chose est en effet, lui écrit-il, d'adorer une peinture, une autre d'apprendre par une "histoire" [*historia*, une image narrative] peinte, ce qu'il faut adorer. Et ce que l'écrit procure aux gens qui lisent, la peinture le fournit aux incultes [*idiotis*] qui la regardent. » L'image doit avoir une valeur informative et didactique dont les « idiotis » doivent faire leur profit.

Sachons gré à *Détective* de n'avoir pas oublié les idiots que nous sommes en ne négligeant pas d'adjoindre aux articles relatant les faits divers les images qui les illustrent. Cela nous vaut aujourd'hui de nous trouver face à ces superbes photos-tableaux de Bachelot et Caron. Miracle accompli : le vil plomb de l'information a été transmué en or de l'art, l'horreur a fait place à la beauté. Les armes ont été déposées. Que les idiots que nous sommes, et en cela très humains, prennent leur pied à entrer dans ces visions d'enfer, à jouir de leurs singulières beautés !

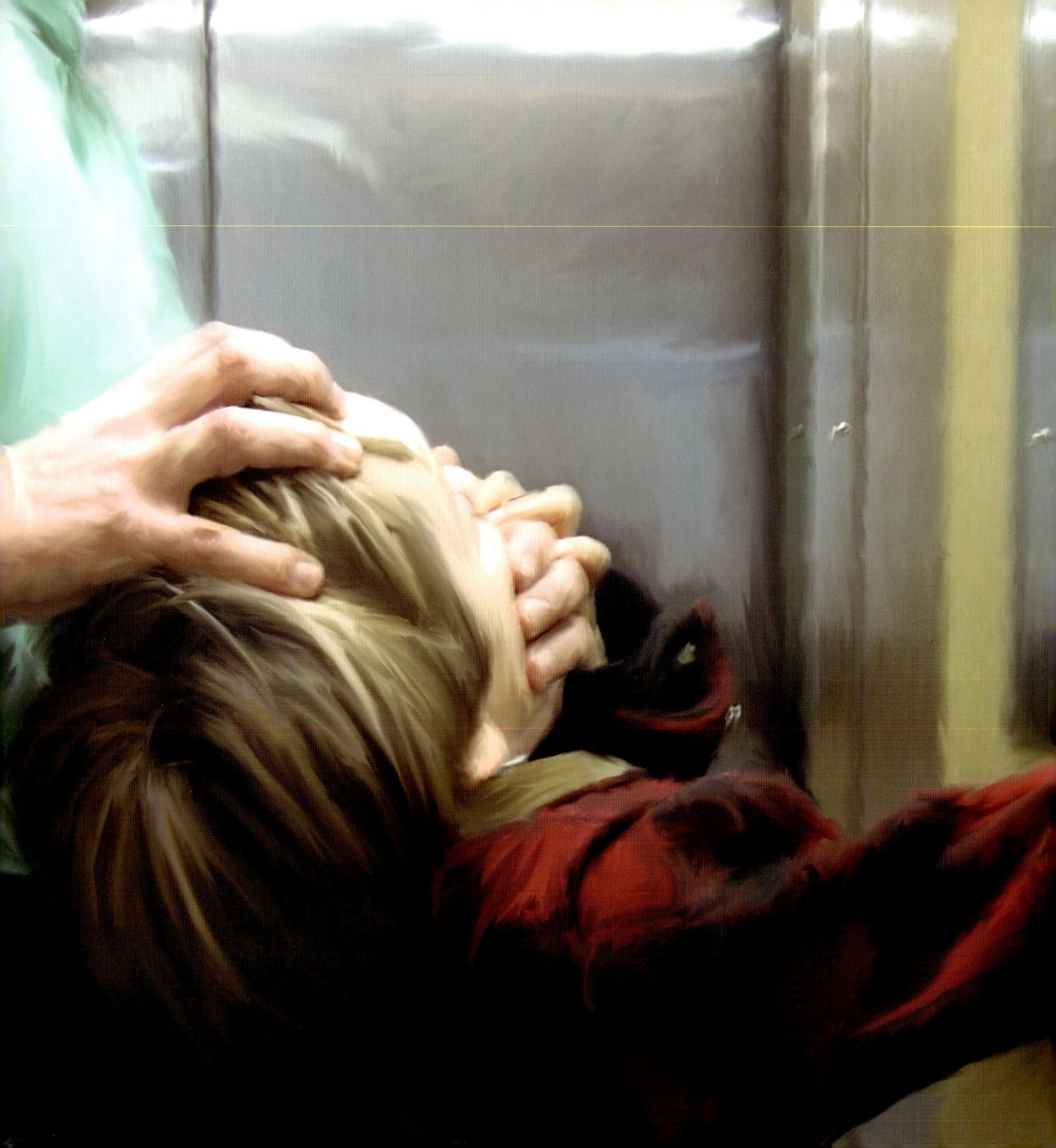

Choreographies of Evil

Jacques Henric

In these times of conceptual inflation, theoretical hypertrophy, phony resuscitation of exhausted metaphysical systems, and book industry overkill shared out between weepies and third-rate sociologizing, it's a pleasure to discover two photographers who rely solely on their practice as image makers. Beating no doctrinal drums and blowing no transcendental trumpets, Louis Bachelot and Marjolaine Caron face up rigorously to a problem that has been bothering our fellow-beings since the beginning and which began shaping their humanity when they had barely emerged from their Stygian animal night. The problem in question being that of the nature of the links between the image and the written, between visual and verbal representation in their relationship with thought.

I'm delighted that for both these image-people the point of departure for their operations was not the art world—so orthodox, straitlaced, and aesthetically and ideologically policed—but that of a popular press which, pace the haughty intelligentsia, has established its own credentials and merits absolutely no condescension. Personally I readily admit to having been an assiduous long-term reader of Détective and the late Radar—and still recall the advertising slogan "Radar was there!"

Ah, there's the crux: being there! Being in the right place at just the right moment. When information is your business, or you're committed to some literary or artistic task, being there is the prerequisite numero uno, the sine qua non of any activity with symbolic implications. Being where you ought to be is being as close as you can get to what makes the human, as close as you can get to the radioactive nucleus of your humanity—and, simultaneously, your inhumanity. For it's when and where the crisis reaches its paroxysm—the moment when someone loves to the point of folly, when someone assaults, mutilates, rapes, massacres—that man reveals the sublime, horrendous distinctiveness of a humanity that is angel or beast, incarnation of a god in glory or of some ignominious demon. Being there in this way is not the lostness regrettably invoked in so many of today's novels, with their haze of pop psychology, conformist sociology, the syrupy moralizing Nietzsche saw as the source of "fine feelings", or the soothing Jacuzzis of abstract humanism: no, it's being there as the jealous husband shoots his unfaithful wife, or a mother kills her baby, or a pedophile does what pedophiles do, or blood pours from a slit throat, or the body of a murdered girl arises out of a heap of leaves, or a man lies in a pool of blood on his bathroom floor, or a sadist kills an old lady, or somebody's hands drown, strangle, shatter a skull, plunge a knife into a belly, or pull a trigger. Homicides, infanticides, acts of incest, matricides, parricides, fratricides—the great gala of sex and the death wish. We know since Freud—and from all of literature and art since the wounded, tumescent man of Lascaux, the Bible, Greek tragedy, epic poetry, and the writings of Sade through the films of Pasolini put it into words and images for us—that sex and the death wish are the fundamental human drives, and that Eros and Thanatos hold the reins. Summoned by a magazine that homes in week after week on its subject the way a painter does—except that here the subject isn't a view of verdant hills, or dappled undergrowth, but bloodily mutilated human bodies—Bachelot and Caron capture for us the tragic moment, the ultimate instant, the irreversible criminal act, the inexorable, irrevocable leap into the bottomless pit of Evil; the point where the conflict between the two antagonistic forces that rule the human psyche reaches it apogee and whole destinies are shattered.

"There's not all that much difference between a murder and a wedding," Louis Bachelot once remarked in an interview. "Both involve the same emotional excess. The same madness." With the same superb lucidity he points out that the family is, as

Aristotle put it, the iconic "tragic knot". The crime scenes Bachelot and Caron capture as images don't necessarily arise within the family cocoon, but all have their roots—I repeat, reread Homer, Sophocles, Euripides, Freud—in the seething nest of vipers where new mass graves are being prepared to add to those history has already been so prodigal with. Among all the hypotheses telling us that at the beginning was the Word (the Bible), Emotion (Céline), Sex (Louis Calaferte), or Love (the Gospels), one was lacking: Hate, said to have antedated Love. Take Spinoza's Ethics: *"Love would be less splendid if hate had not come before it." It is the horror Beauty feels for the Beast that will lead her to love him to distraction. No fun, hey? But who ever said the job of the writer or the artist was to lead us up the garden path with nice little tales of everlasting love and innate human goodness? Who ever said that dissecting evil and sticking it baldly under our noses Bachelot and Caron style, wasn't a shattering experience? Who ever said the writer or the artist in search of truth ought to be focusing on something else than love and the havoc it wreaks? Who ever said that obscure places—undergrowth, a quarry, a dirt road, a shabby kitchen or bathroom—might be the least appropriate for the outbreaks of man's great fury against man?*

The only thing new about a news item is its specifics; in essence it's always more of the same, as I've tried to show above. Bachelot and Caron's strength is the way their choices in terms of mise en scène—space, framing, perspective, actors and their movements and gestures—and of computer processing reveal that these scenes, in all their infinite diversity of place, reasons for killing, modes of killing and criminal personality, are at once totally interchangeable and, paradoxically, utterly singular in their difference of tone and expressive force.

*"*Radar *was there!" "*Détective *was there!" But for each news item are Bachelot and Caron there too? Not really. Obviously neither yesterday's* Radar *nor today's* Détective *was/is present at the actual moment of the crime. They arrive after the battle, so to speak, get the story, turn it into an article and commission an illustration. Bachelot and Caron are even less present: they're working after the event, through such filters as the witnesses' versions and the journalist's article; it's only then that they're called in, not to draw the scene, as was once general practice in this kind of magazine, but to turn it into a photo by reconstructing it with the help of volunteer actors like their children, friends, neighbor, or themselves. And it's here, to return to the beginning of my text, that there arises one of those fertile conflicts which, down the centuries, have fueled theology, philosophy, and thinking about art: the conflict between the written and the image. Which comes first, the word or the image? Which carries most meaning? Which has the most emotional impact and conveys most information? Think of the* Paris-Match *advertising slogan: "The weight of words, the shock of the photos." Are things to be considered in terms of competition and conflict or, as* Paris-Match *(and* Détective *as well) suggest, an overt, reciprocal helping hand between the written account and its graphic illustration? Back in the early centuries of Christianity, the Church Fathers had already decided: "The eye is the touchstone." So priority goes to the visual, and artistic creation is encouraged. Gone is the Biblical taboo on figurative representation not only of God but, as the Book of Genesis puts it, of everything in Heaven and earth. The doctrine of the Incarnation, of a God made man in man's image, permitted the depiction of the Divinity and so provided a powerful impetus for painting, sculpture and all the visual arts. Down the centuries the greatness of Western painting in its most fecund periods—the Renaissance, the Baroque— would fill churches and museums, even if there were halts due to the iconoclast movement that sprang up within Christianity*

itself. For St Bernard the image was an inferior substitute for the written and should be given only a secondary role. In Byzantium the "Quarrel of the Images" in the seventh and eighth centuries provoked murderous wars and massive destruction of works of art. The Reformation was marked by the same iconophobia, with Calvin even more of an extremist than Luther in his irrational hatred of images. The post-revolutionary terror in France was no less fanatical, with sculptures of saints decapitated at church doorways. And today's religious fundamentalisms, notably Islamism, the most virulent of all, are keeping the same sinister tradition going, a recent example being the incident of the caricatures of Mohammed. In other words, back in those distant, troubled times—and today in certain religion-run parts of the world—Bachelot and Caron would have found themselves in difficulty: at best out of work, at worst deep-sixed, along with their pictures, in a garbage dump somewhere (a great story for a contemporary Détective*). No doubt St Bernard would have been waxing furious in his Cistercian abbey: "Why do you paint what should be trampled?" And under Calvin such "baseness" would have led them to the same funeral pyre as Michel Servet. But thanks to the God of the Arts the reactions to these nihilistic currents were always vigorous and, in the more or less long term, triumphant. The Counter-Reformation—which French writer Philippe Sollers would like to see called the Catholic Revolution—was one of these reactions; and if I mention it here it's because it seems to me that the work of Bachelot and Caron ties in with the spirit of the Baroque art that was the grandeur of seventeenth and eighteenth-centuries Europe.*

After all, was not the great virtue of the Baroque, as of Bachelot and Caron today, that of being and appearing, of nature and the artificial, of the true and the false? And doesn't the question of the Baroque reference that of art generally? How do you make things truer than true if not by combining the true with the false, given that the true is neither truer nor falser than the false and the false neither falser nor truer than the true. The false—these photographs recreating a true event—is thus serving the cause of the true; but isn't this truth already a false one, in that what the photo offers isn't a true reality, but an account of an event and thus already a true falsehood or a false truth. It's enough to make your head spin if you're a viewer or a critic let loose here in the Hôtel de l'Industrie, where the images are caught up in an interweaving of authenticity and fable; of a mimetic mise en scène whose exaggerations of manner and expression leave all verisimilitude behind; of the singular adventure of a real event transformed into a fiction disguised as a true story; of a mirage perceived as the coming of the truth; of a series of executions, some real, some recounted, and one of them the ultimate: the execution represented by every photograph, that of time brought to an eternal, irrevocable halt by the snapshot.

The Bible speaks of "Those who have eyes and will not see." And somewhere, in some obscure part of France, these two photographers, Marjolaine Caron and Louis Bachelot, are taking up the challenge: "They" don't want to see? Right, so we'll take a camera and a computer and show them! But who are "they"? "They" are all of us, you and me. And what is to be seen? What every image maker worthy of the name—painter, filmmaker, photographer, video-person—should endlessly thrust under our noses, as part of the "something" Lacan sums up as "You want to look? Okay, see this." Continuing, Lacan puts the question: "Why is the eye, an organ needing to be fed, the voracious eye, always the evil eye and never the good one? […] By which I mean that he who looks is led by the painter to aim his gaze lower, lower than the belly, to aim it so low that he finally lays it down, as in the term 'lay down your arms!'" It's not the angel being put on show here, but the beast—or rather he who can reveal himself as worse than the beast: man. "Man," writes Georges Bataille, "is the only animal that kills its fellow-creatures savagely and persistently […] But he is also the only one to whom the death of his fellow-creatures brings unbearable suffering." These are the two affects the making of art must make visible. It must direct the lens at the "lowest" part of the human being—the part linked to Evil—and via skillful processing of the image must communicate to that part all the power of a command: "Lay down your arms!" This may be, at a far remove from all appeal to pathos, the lesson of Bachelot and Caron's works, whose formal beauty redeems the violence of the content.

Homo in imagine ambulat—"Surely every man walketh in a vain show" (Psalms 39:6). Let us take the verb "to walk" in two of its possible meanings in French, one literal and the other figurative. The literal meaning: to put one foot before the other, to advance. The power of images: Diderot visiting the great art Salons in the eighteenth century, did not settle for admiring a painting from the outside, but entered it, moved about inside its space, rubbed shoulders with the figures. Likewise, we enter the room where serial killer Thierry Paulin has just killed his nth old lady, we walk around the round table, we examine the corpse slumped in the armchair. Or we plod through the winter mud of the quarry, pass the body of the dead girl, refrain from covering her exposed legs and walk towards the helmeted worker to ask about the circumstances of the crime and whether he witnessed it. Or in Open Way, we are not walking but running, behind a man with a gun and the woman who seems to be fleeing; are we going to catch up and stop the guy from shooting her because he has found out she had a lover? We tell ourselves these stories, embellish them, add in our own fears, desires, phobias, and fantasies; we live the scenes out emotionally, we "go along with" them, to use the French word in its second, figurative sense: we believe the story but without really believing it. Is it a true story transmuted into fiction, or a fiction disguised as a true story? We know that initially it was true, it really happened, but now there it is before our eyes, reconstructed with a mischievous blood-and-thunder touch, a marvelously effective example of what you get by combining Baroque and Expressionism. When setting out in his books to recount horrific scenes of crime and rape, Guy de Maupassant said he was striving for a "vision more complete than reality itself". This apostle of naturalism would have found just what he was looking for in Bachelot and Caron's paintings—to give these large-format photos the description they deserve; but would he have detected the clear touch of humor in the gaze the pair bring to bear on the darkest, most dramatic reality?

For centuries painting in the West performed a modest narrative function—a situation that often prevented it from resulting in authentic masterpieces. It was aimed primarily at those who could not read and to whom religious history was to be taught. Thus, images in churches remedied the lack of written text. It was important, however, that these paintings should not be the subject of inappropriate adoration, for only the Host, the true body of Christ, could aspire to this status; this was a major point of divergence between the Orthodox Church, whose icons existed to be adored, and the Roman Catholic Apostolic Church. In the debate already mentioned between iconoclasts and iconodules, Charlemagne and the scholarly Carolingian theologians adopted the wisest of attitudes: images deserved neither the excessive respect of veneration nor the indignity of being dismissed as Satan's henchmen. In Marseille in 599, an idiot bishop, fearing that the faithful might prostrate themselves before the paintings of saints on the walls of churches, ordered their destruction; and earned a swift rebuke from Pope Gregory the Great, who called a halt to his acts of vandalism in a letter: "It is one thing to adore a painting, but quite another to learn from a narrative image what must be adored. And what writing offers people who can read, painting provides for the uncultivated (idiotis) who look at it." The image had to have an informative, instructive value that the uncultivated could put to their advantage.

So let's be grateful to Détective for not forgetting us idiots and not neglecting to fill out its news stories with illustrations. What that means today is these superb Bachelot and Caron photo-paintings. The miracle has been worked and the base metal of information transmuted into the gold of art. Horror has stepped aside for beauty. The arms have been laid down. May we idiots—all the more human for being so—get our kicks out of entering these visions of hell and sampling their singular beauty!

Cristal
Tableau photographique /
Colored photograph
100 x 160 cm

Anne Perry
Tableau photographique / *Colored photograph*
100 x 100 cm

Une affaire poisseuse
Tableau photographique / *Colored photograph*
100 x 100 cm

Ornan
Tableau photographique / *Colored photograph*
150 x 75 cm

Double page suivante / *Following double page* :
Weidmann
Triptyque / *Triptych*
Tableau photographique / *Colored photograph*
(2 x) 150 x 105 cm et (1 x) 150 x 112 cm

Le Silence
Tableau photographique / *Colored photograph*
150 x 100 cm

Doubles pages suivantes / *Following double pages* :
Pulsion
Tableau photographique / *Colored photograph*
150 x 100 cm

Ophélie
Tableau photographique / *Colored photograph*
120 x 88 cm

La Méduse
Tableau photographique / *Colored photograph*
106 x 159 cm

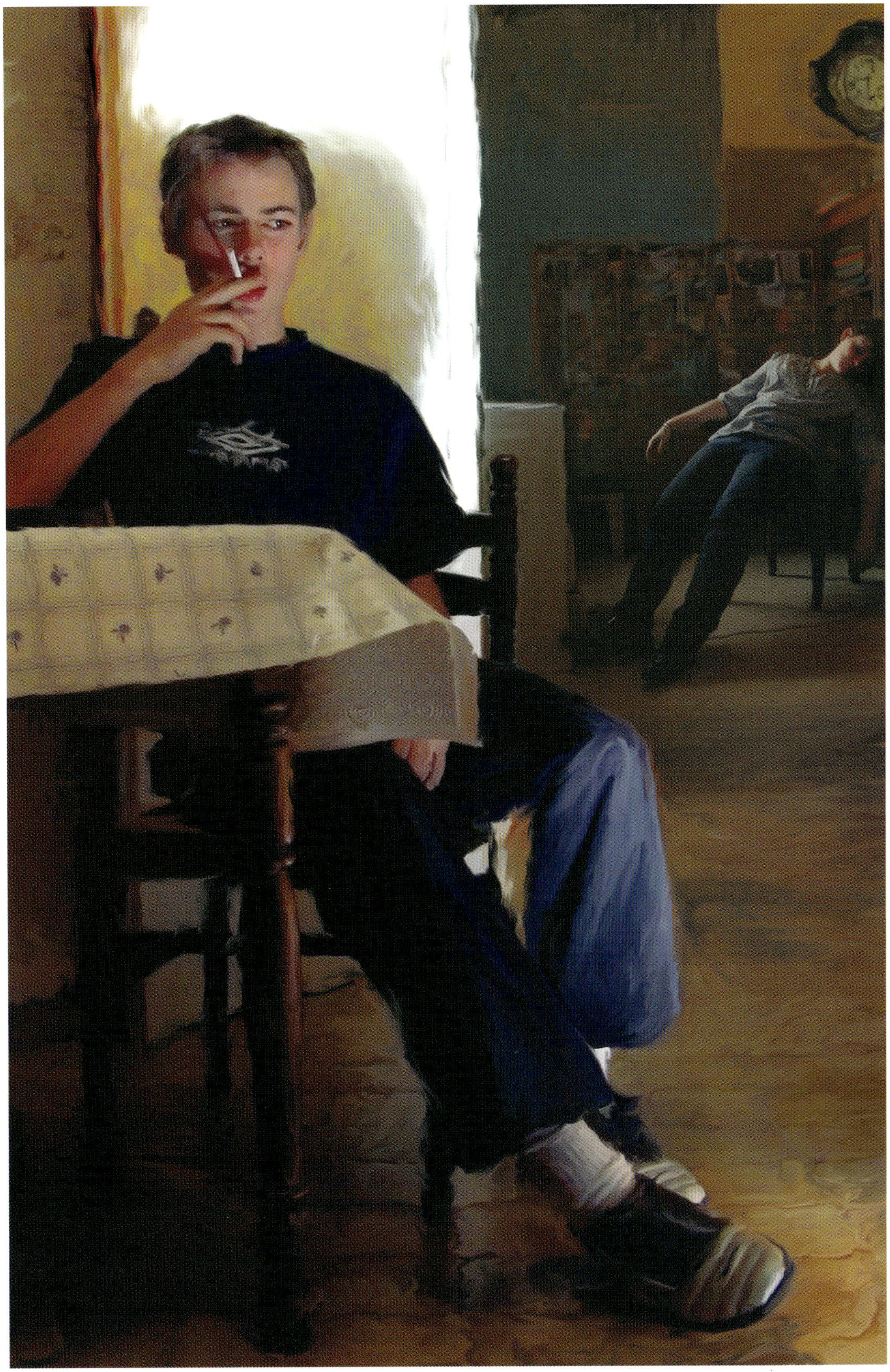

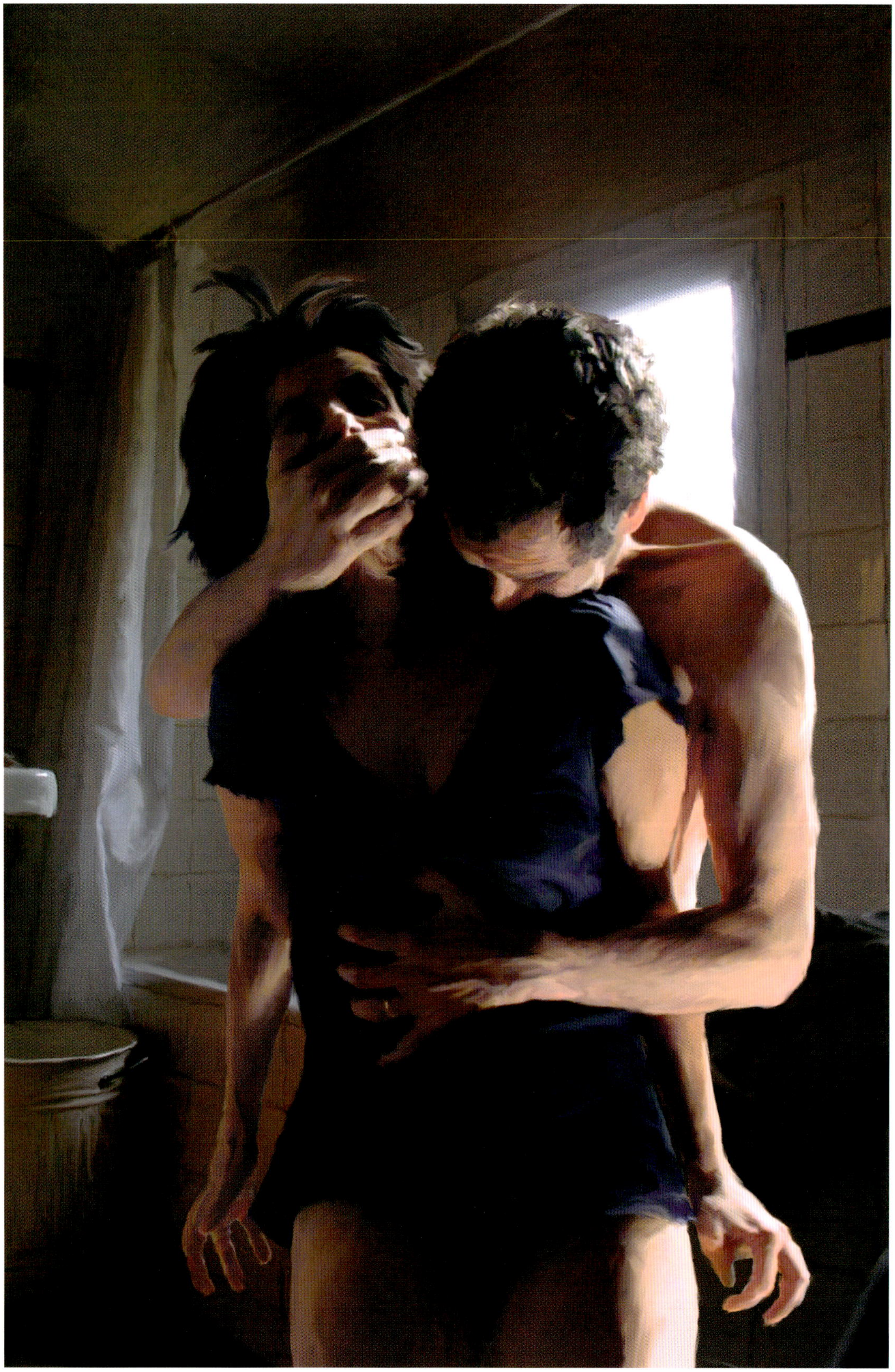

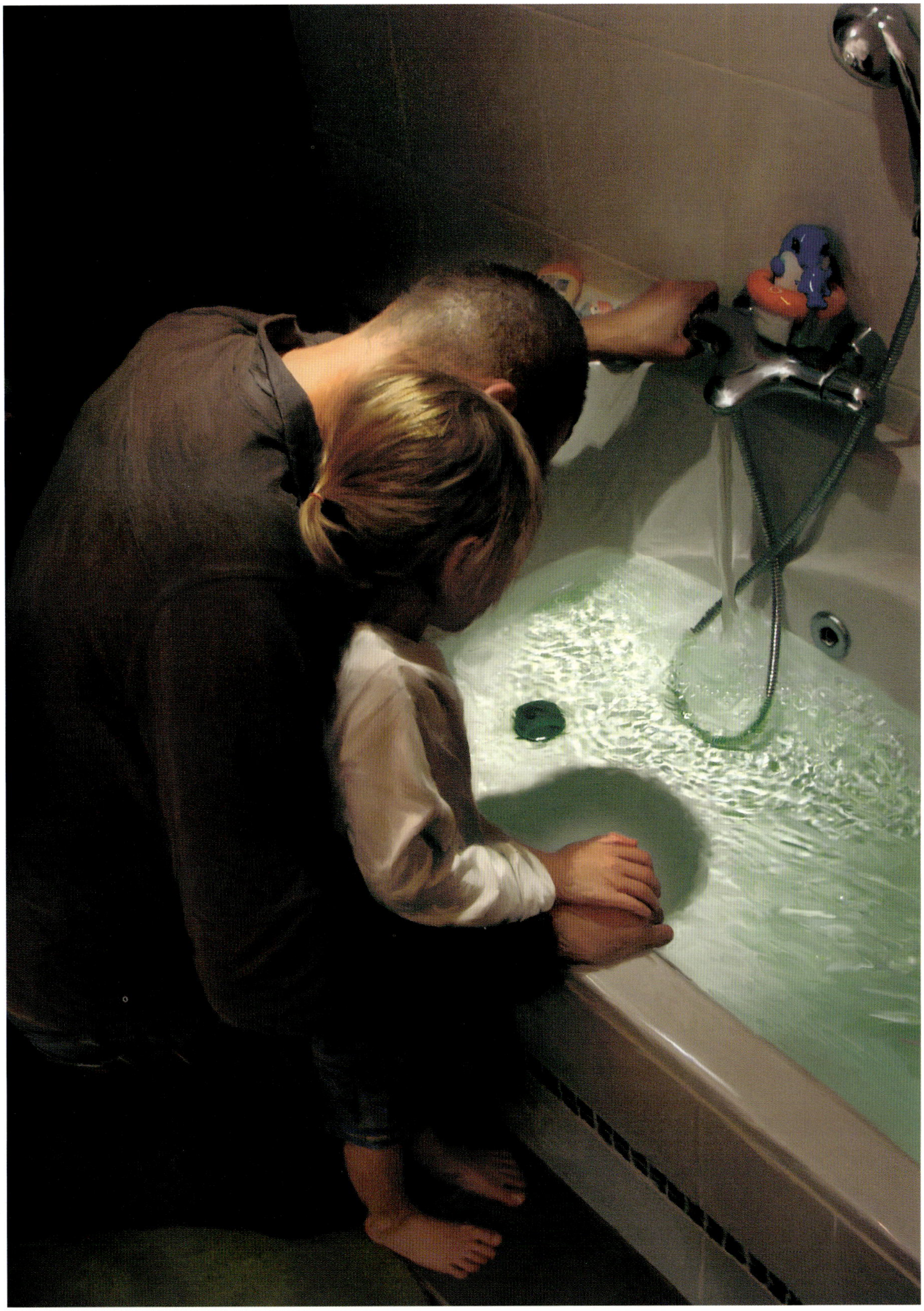

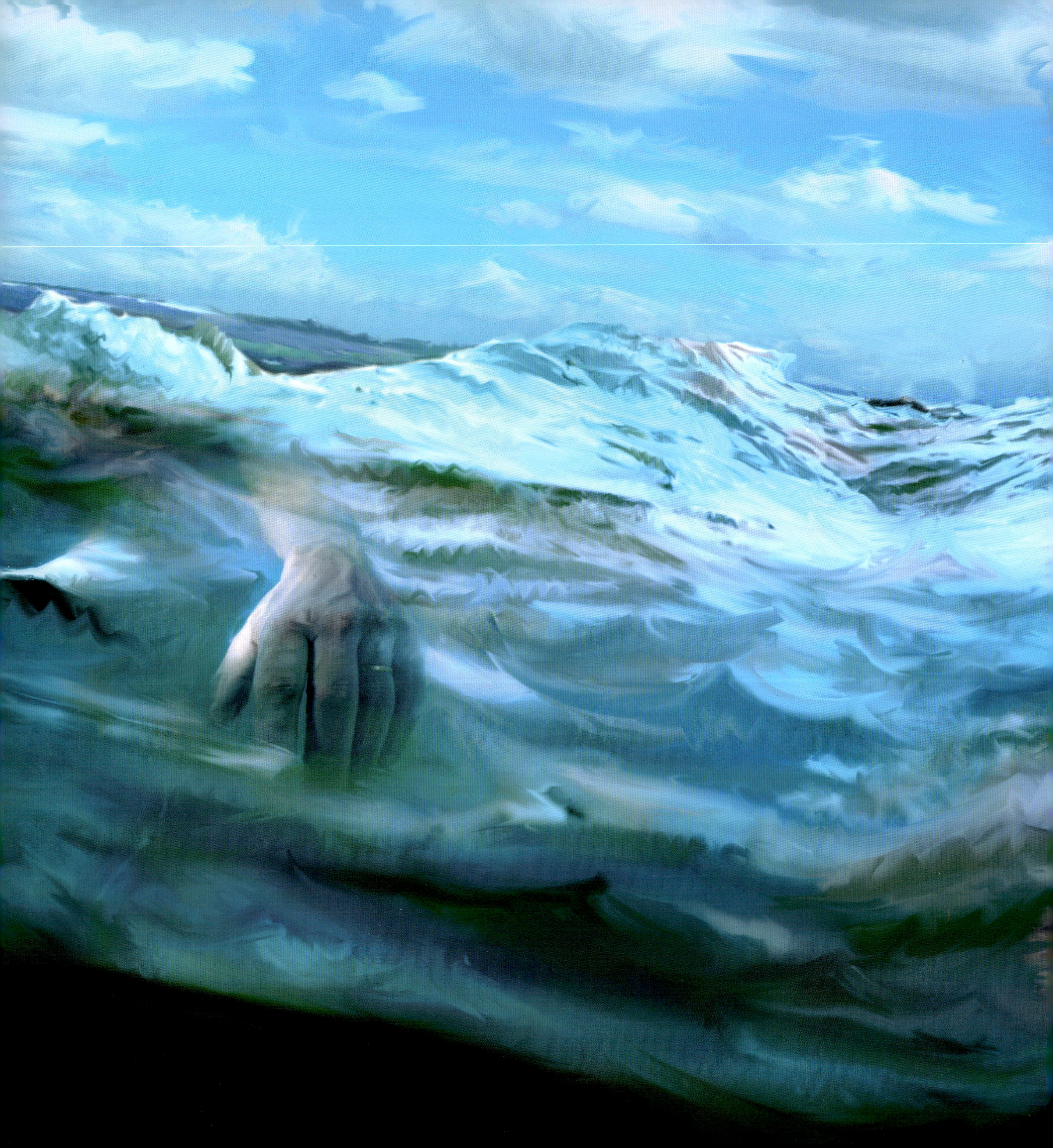

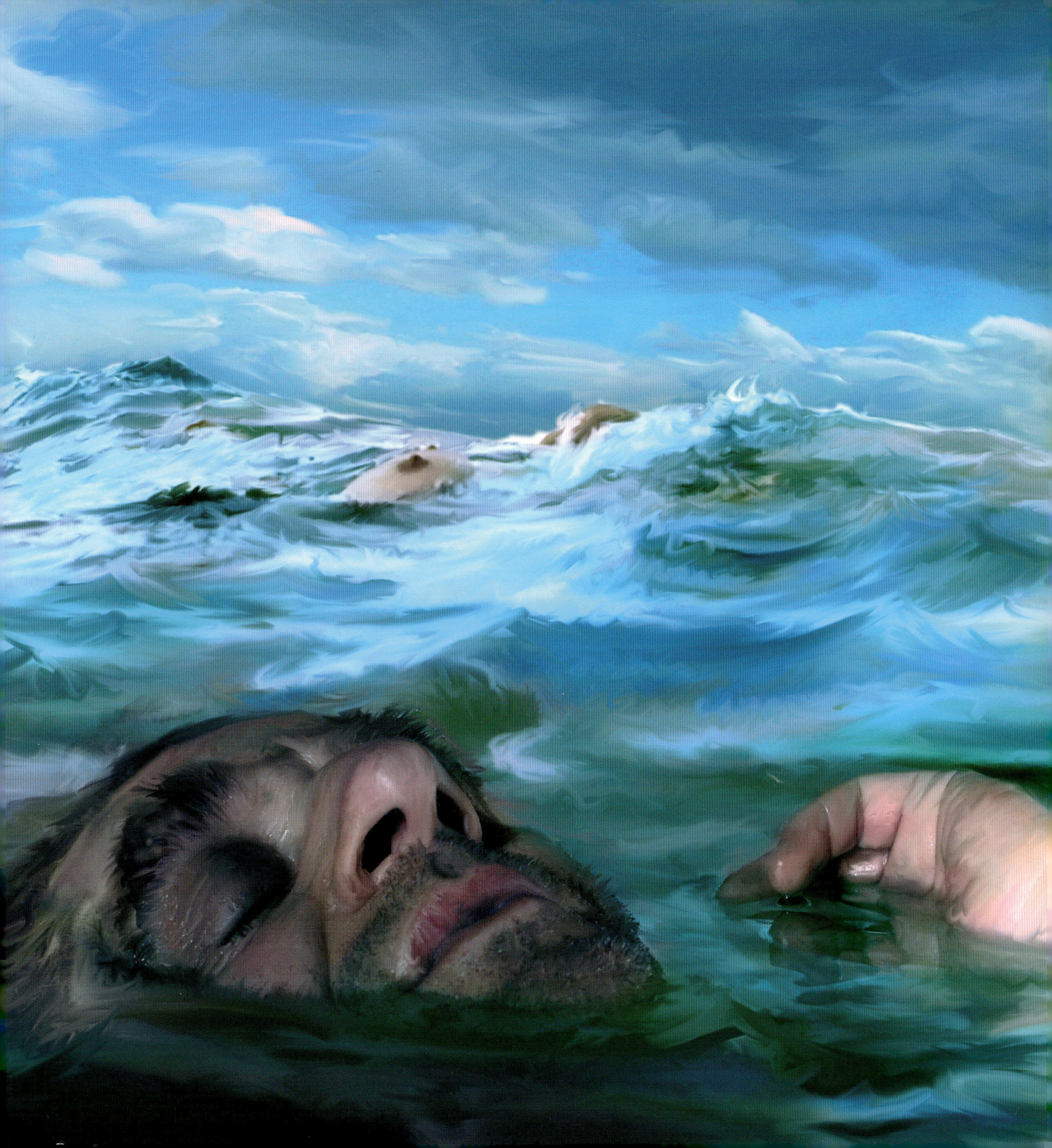

Trois fois tranquille
Tableau photographique / Colored photograph
116 x 185 cm

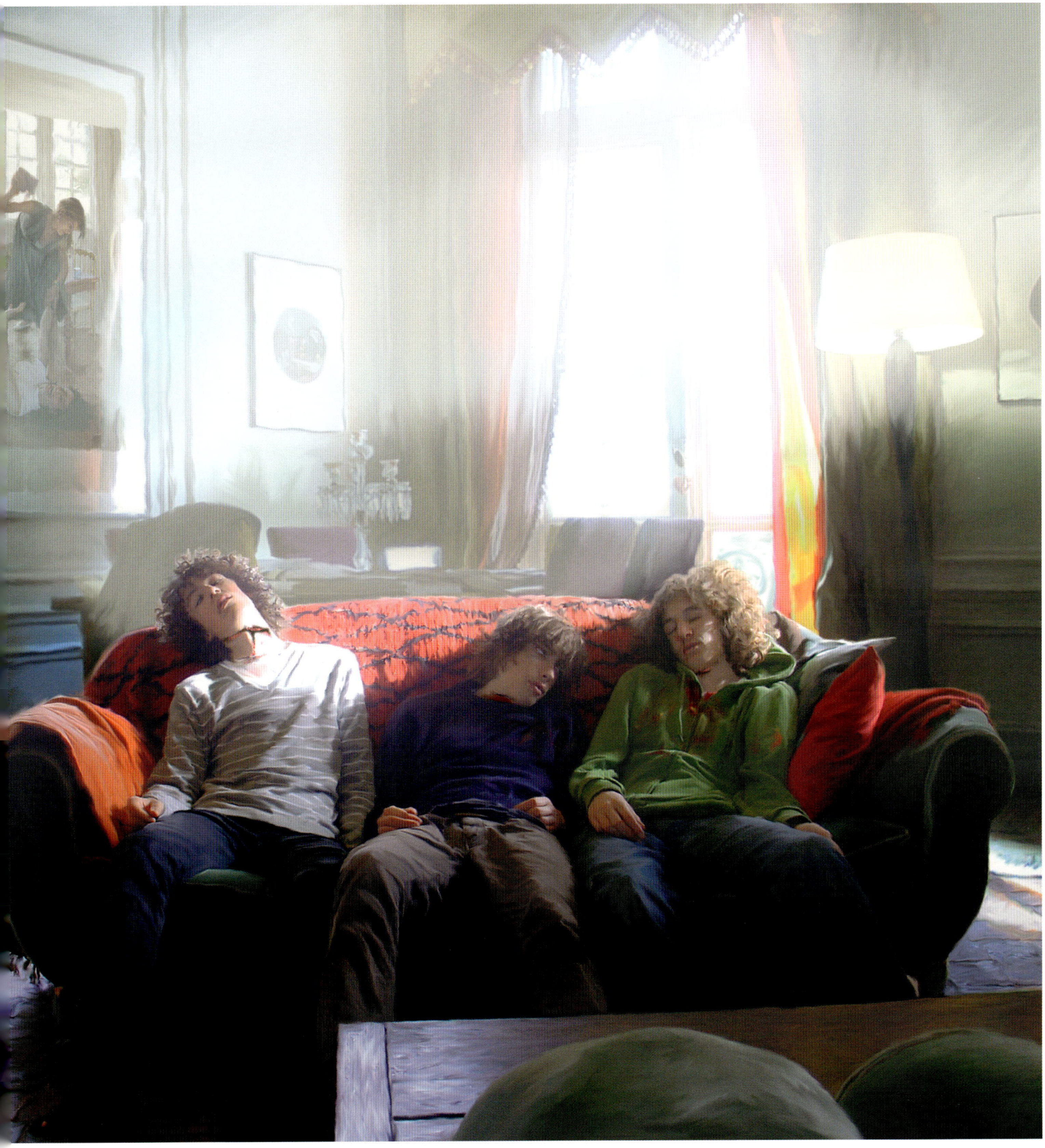

Le Capitaine
Tableau photographique /
Colored photograph
120 x 193 cm

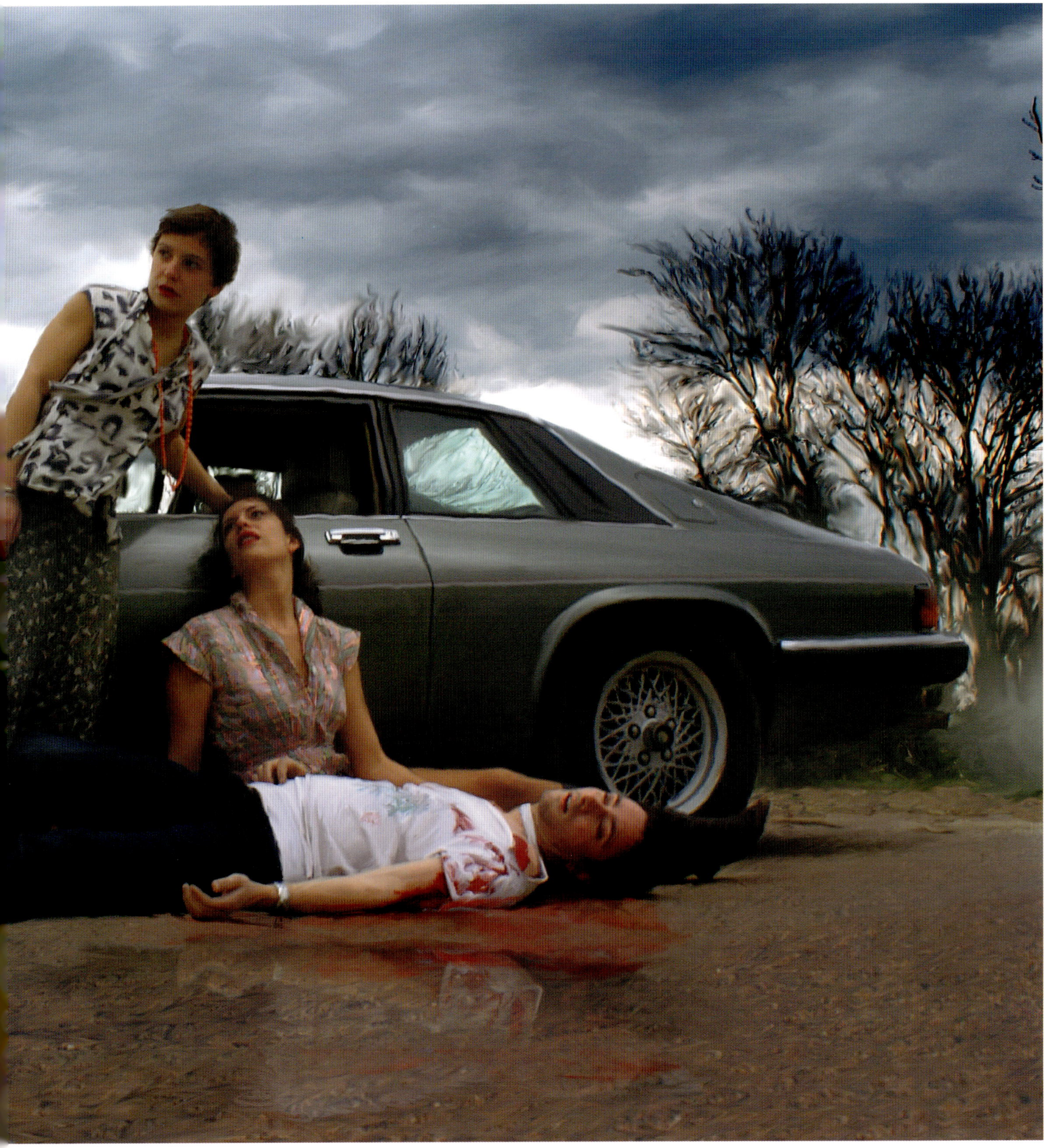

Alice au paradis
Tableau photographique / *Colored photograph*
100 x 150 cm

Alice à la balançoire
Tableau photographique / *Colored photograph*
100 x 150 cm

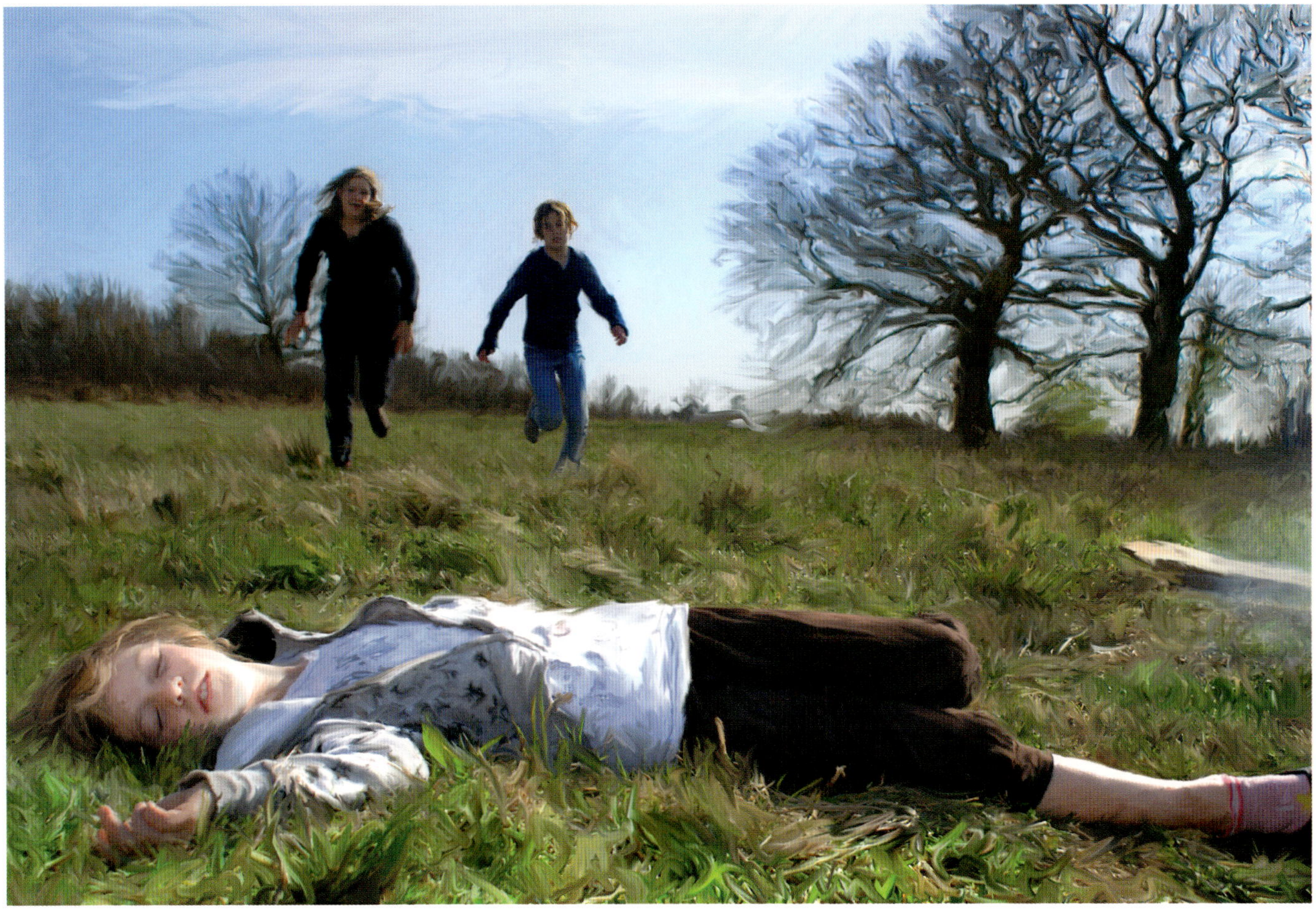

Sale coup
Tableau photographique / *Colored photograph*
100 x 150 cm

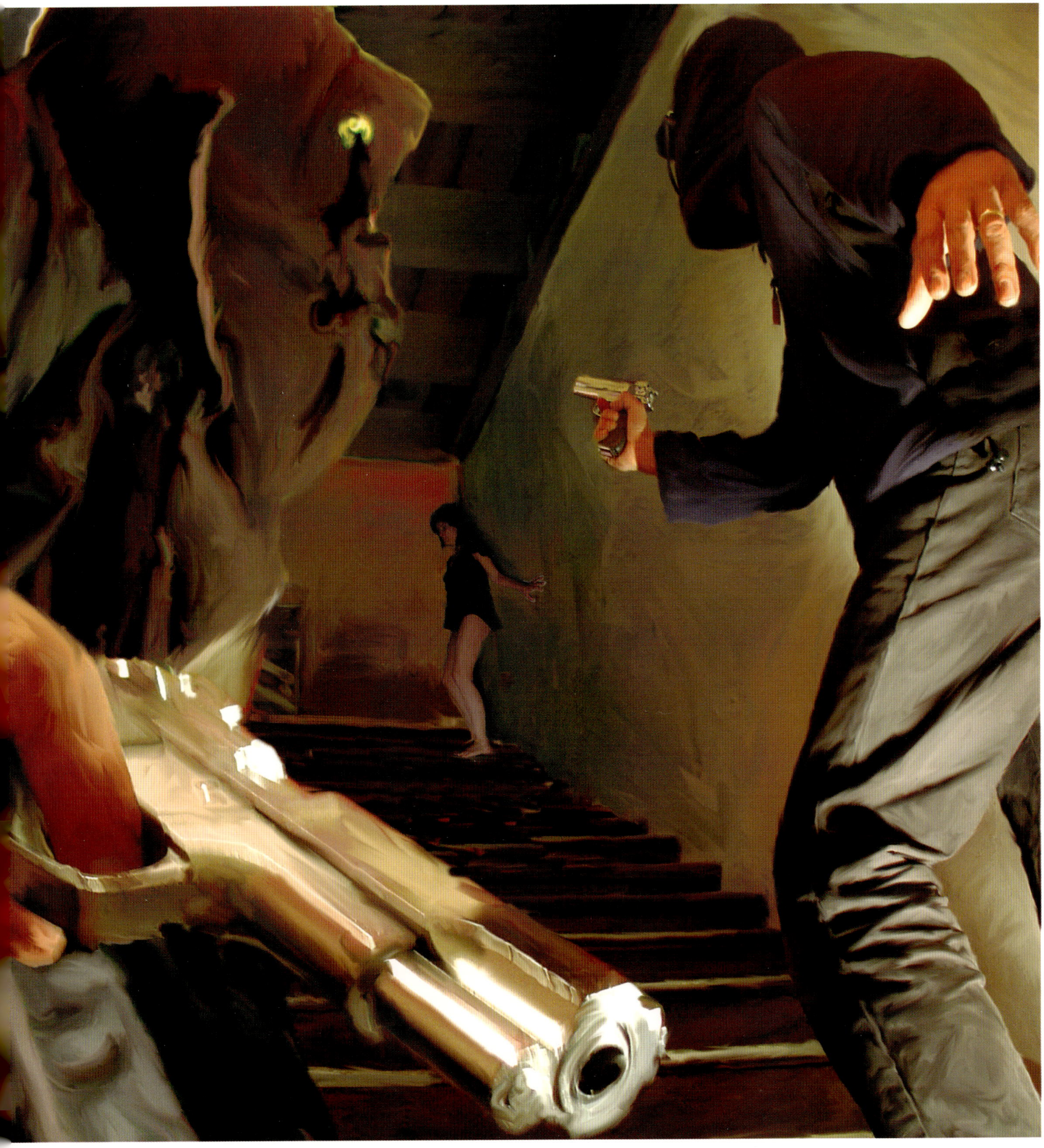

Belladone
Tableau photographique / *Colored photograph*
120 x 161 cm

Rethel
Tableau photographique / *Colored photograph*
80 x 58 cm

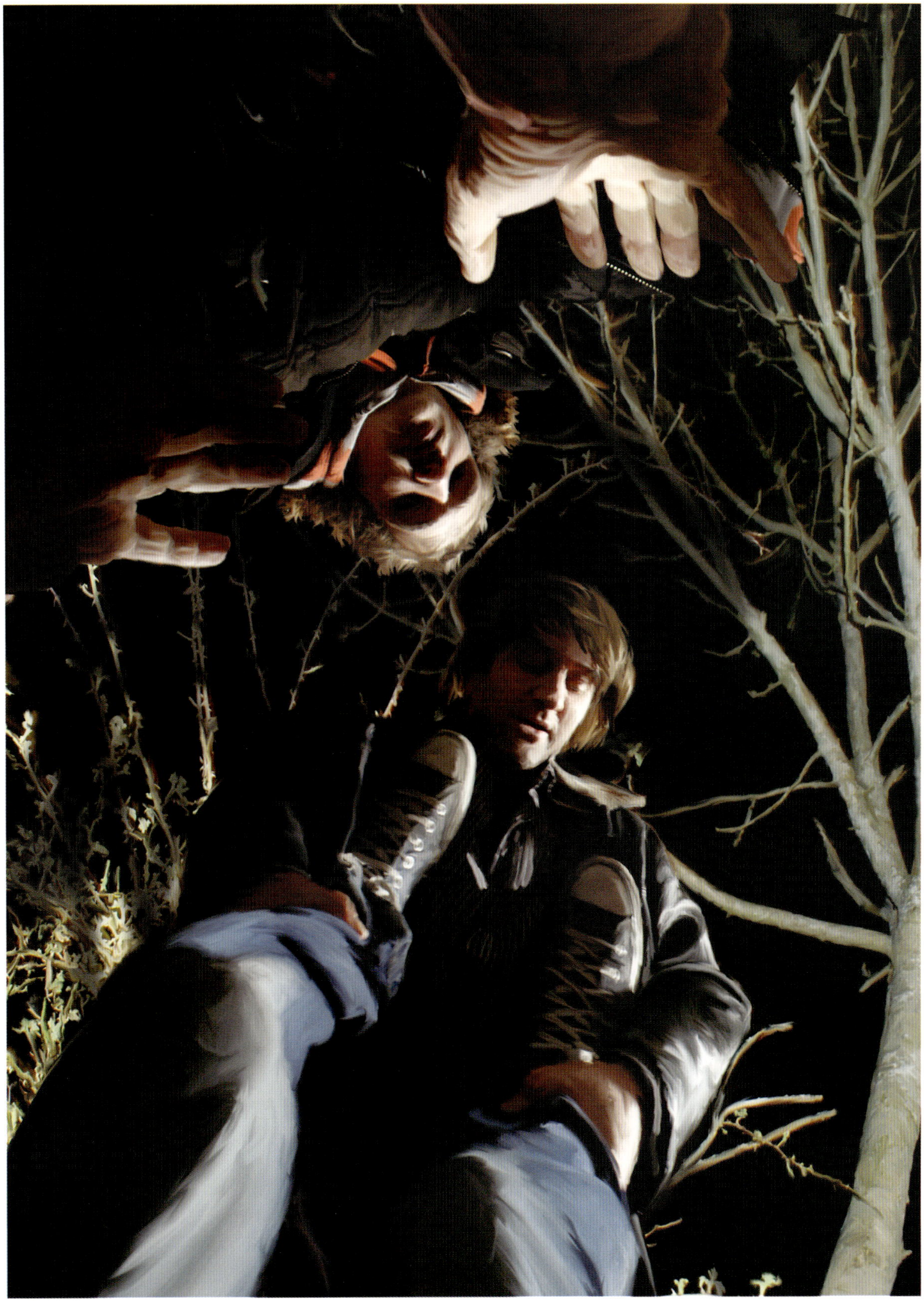

Dans le sens du marbre
Tableau photographique / *Colored photograph*
106 x 159 cm

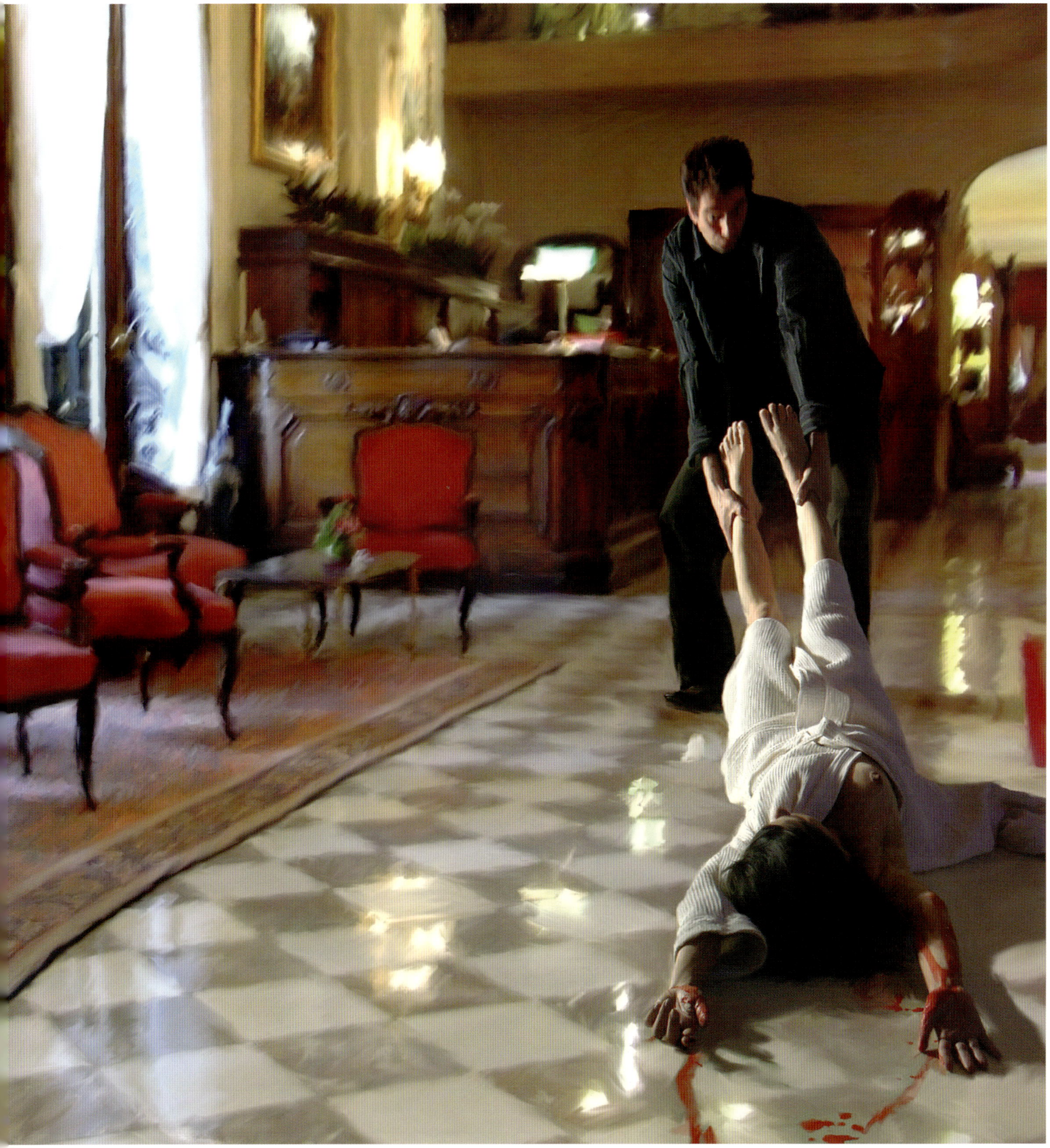

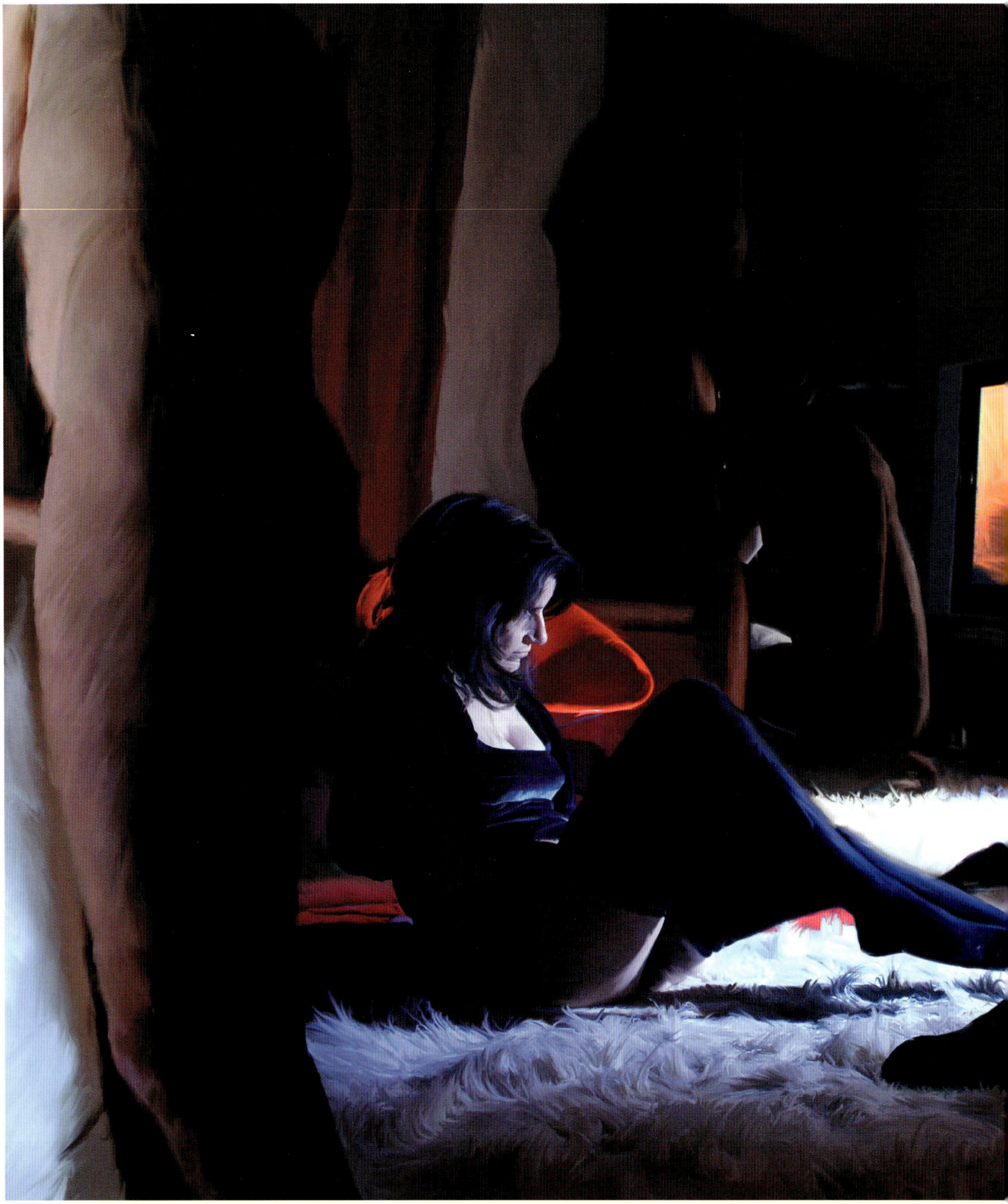

Bachelot Caron *Crimes et Délices*

Vous allez voir
Tableau photographique / *Colored photograph*
123 x 180 cm

Double page suivante / *Following double page* :
Glaciale randonnée
Tableau photographique / *Colored photograph*
90 x 120 cm

La Carrière
Tableau photographique / *Colored photograph*
120 x 80 cm

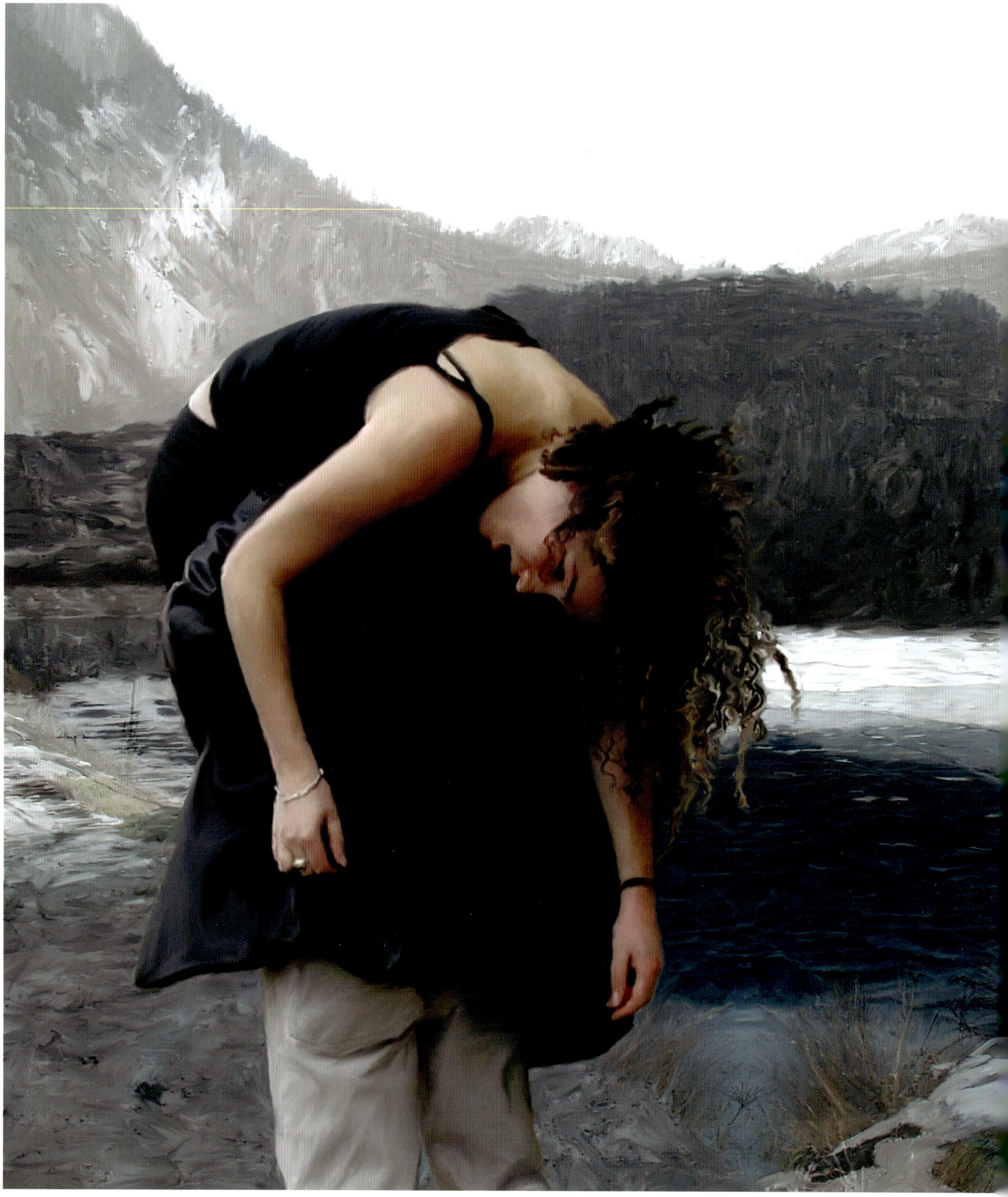

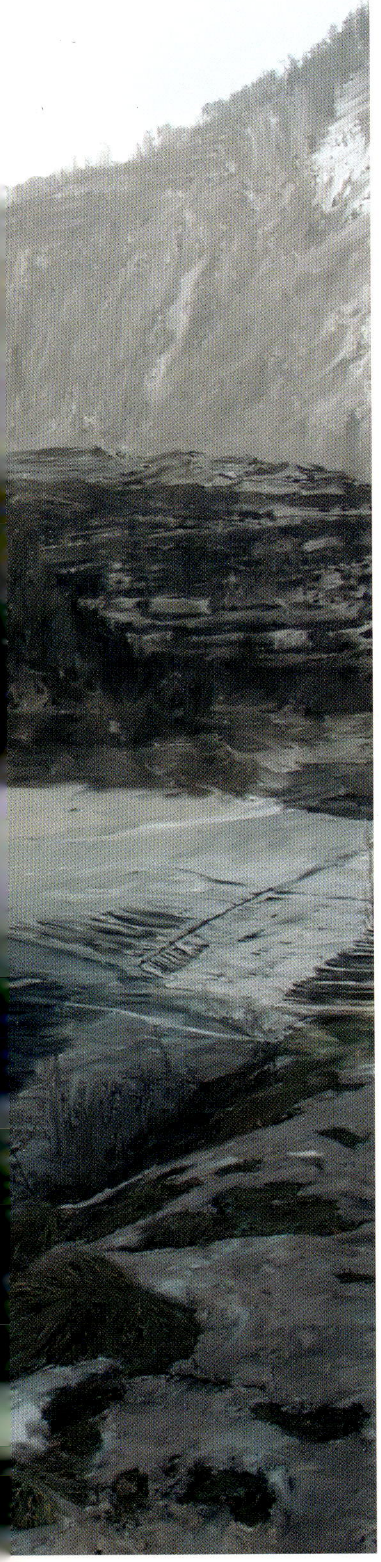
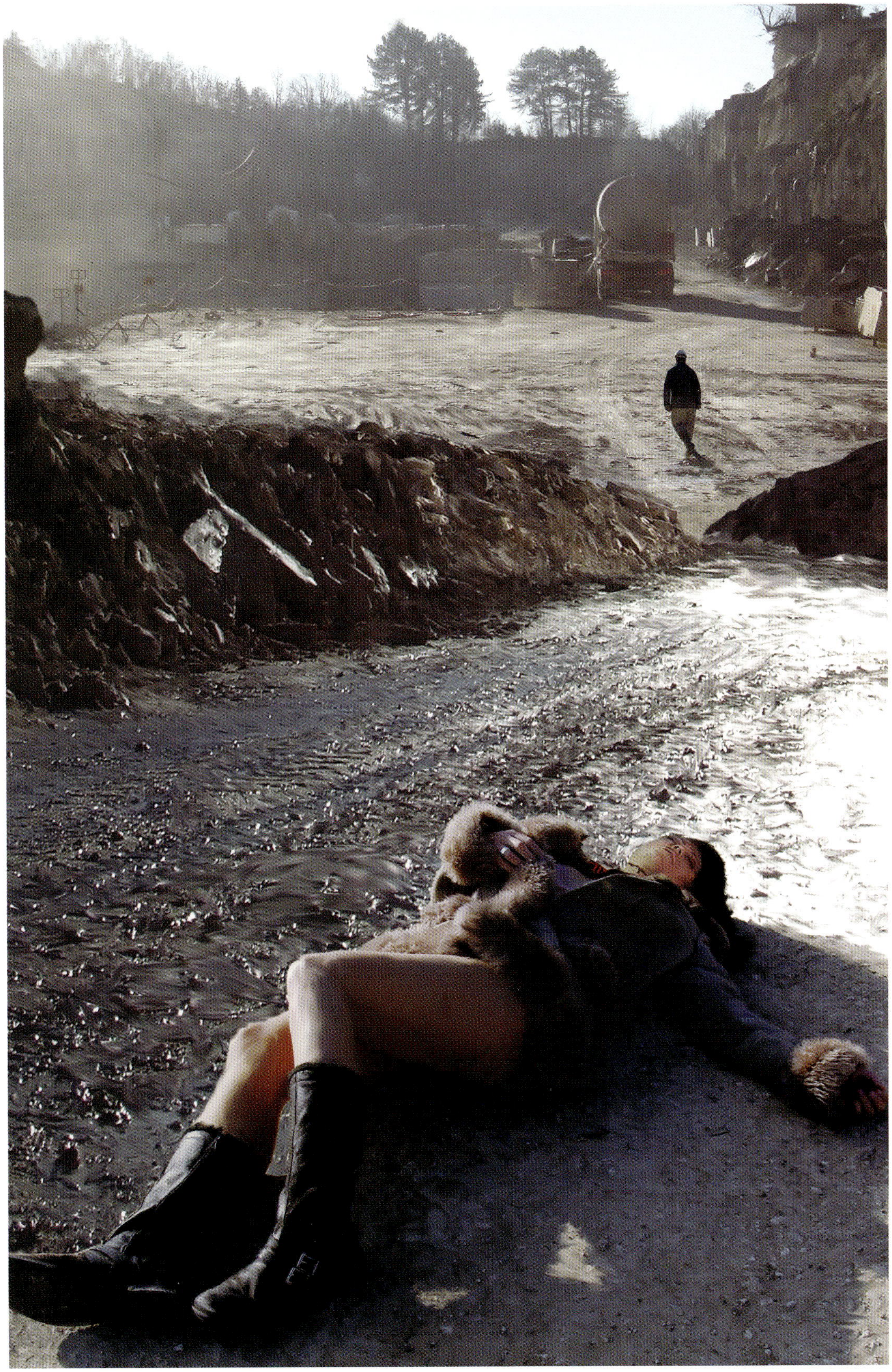

Open Way
Tableau photographique / *Colored photograph*
100 x 150 cm

Apocalypse maintenant
Tableau photographique / *Colored photograph*
100 x 164 cm

Doubles pages suivantes / *Following double pages* :
Domicile conjugal
Tableau photographique / *Colored photograph*
100 x 192 cm

Le Gibier
Tableau photographique / *Colored photograph*
100 x 200 cm

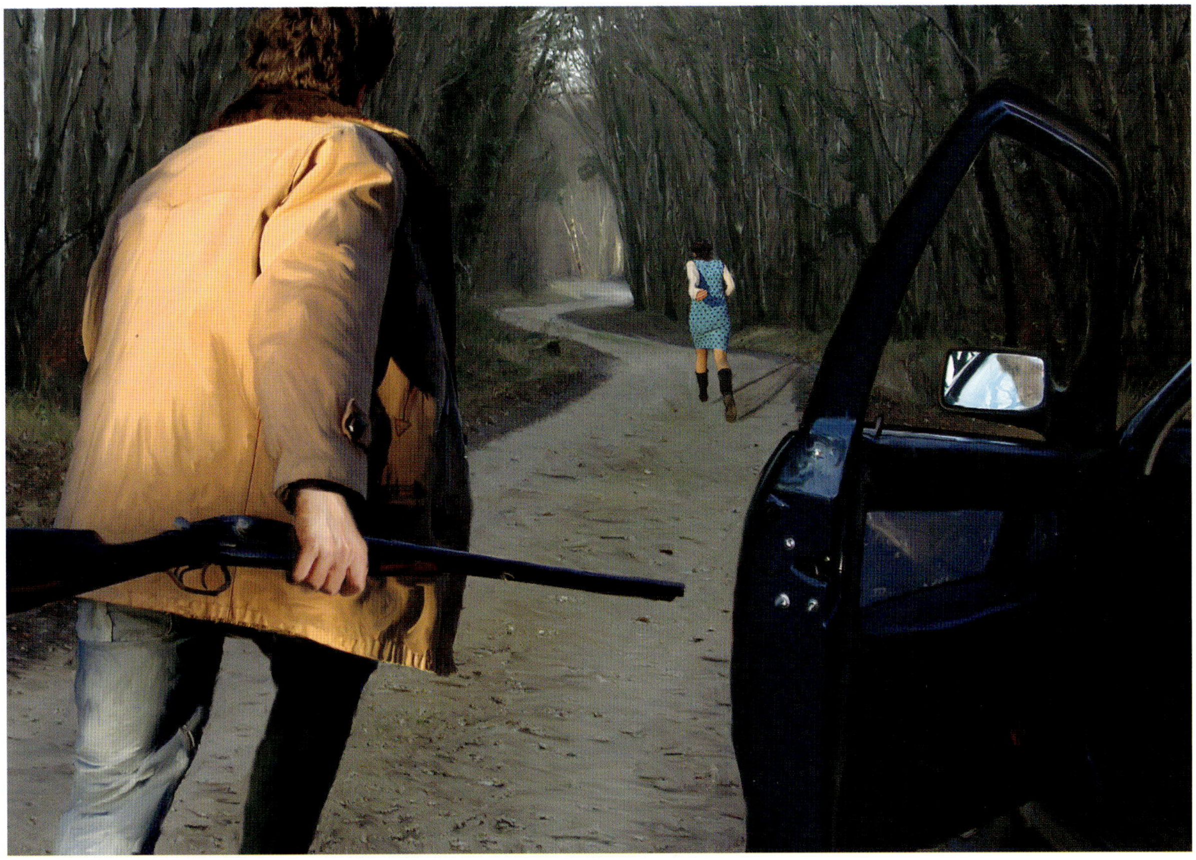

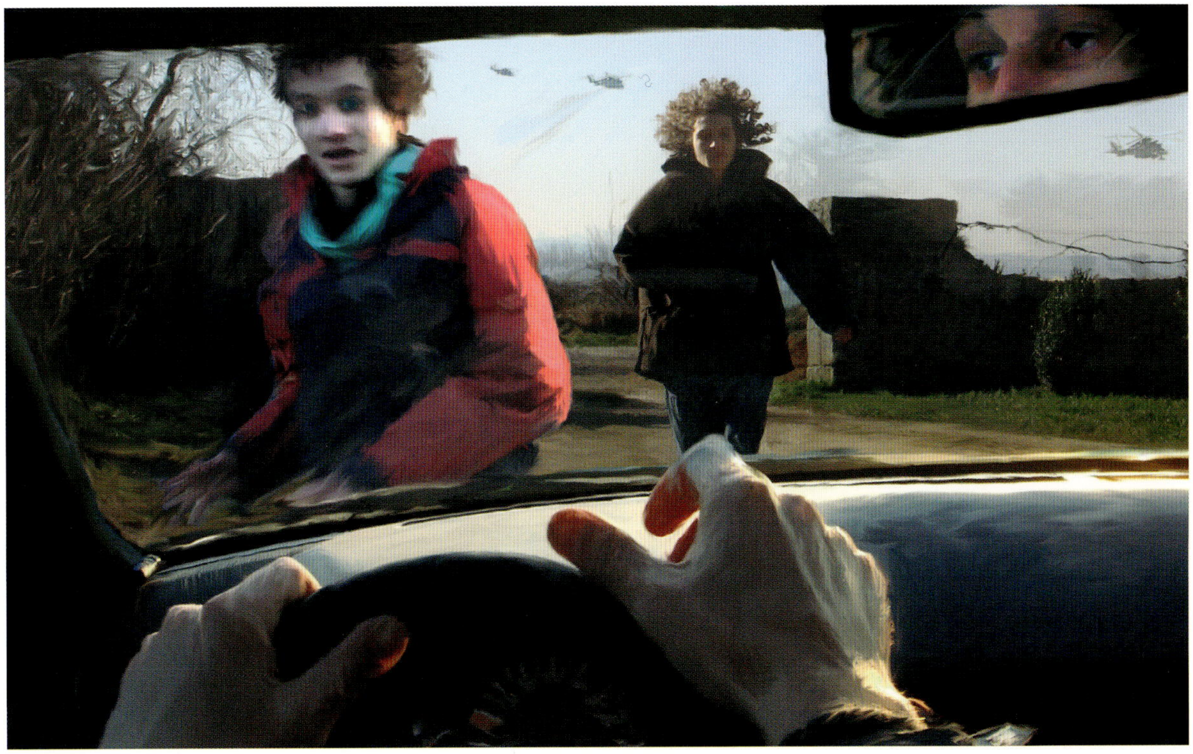

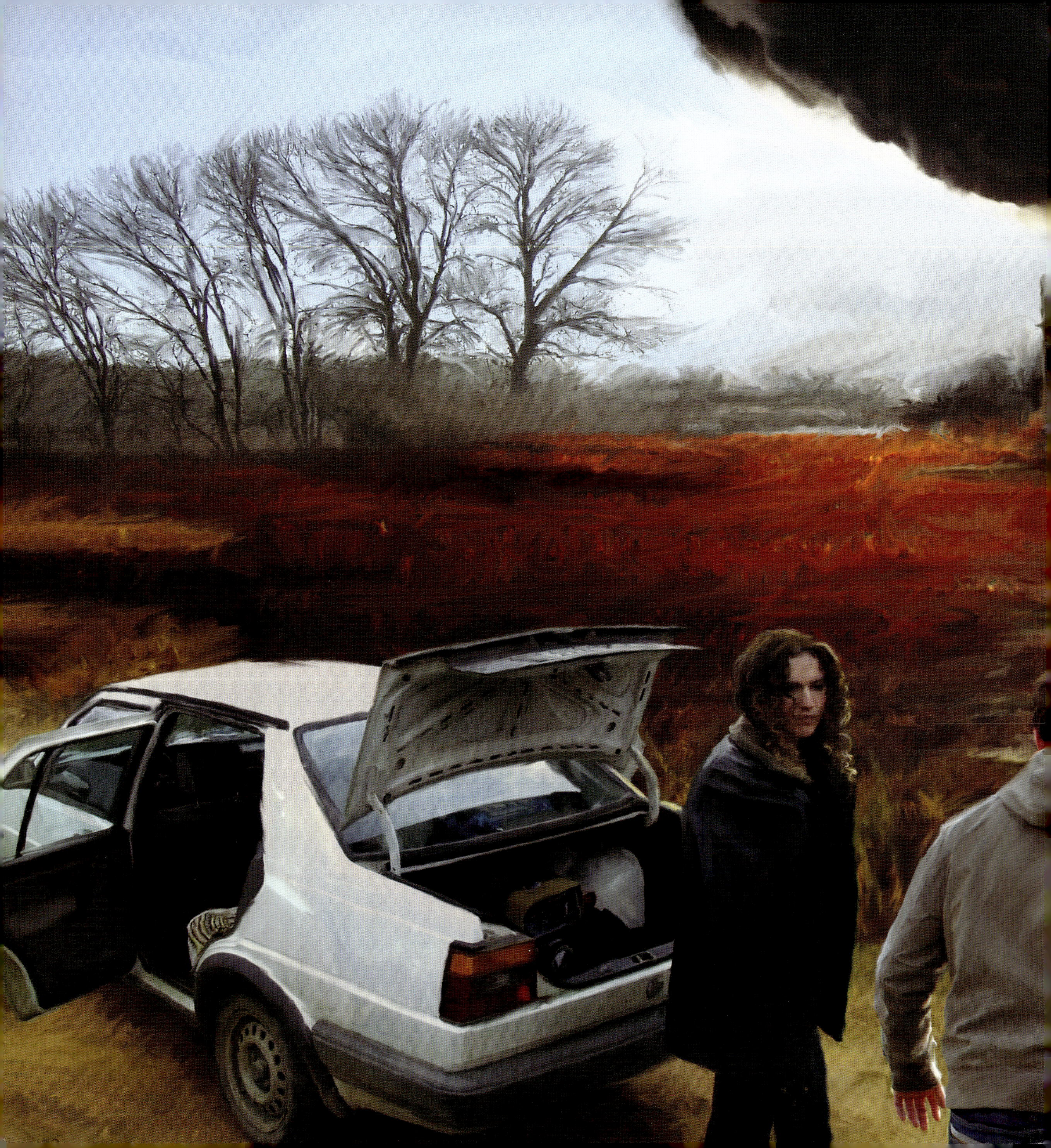

Marjolaine, Louis et Sébastien remercient /
Marjolaine, Louis and Sébastien acknowledge :
Corinne Albert,
Jacques Binsztok,
Dominique et Michel Bueno,
John Carroll,
Claude Chabrol,
Agnès Comar,
Gérard Drubigny,
Nathalie Girard-Nallon,
Allan Green,
Pierre Guillemain,
Jacques Henric,
Michaële Liénart,
Cécile Maistre,
Marianne et Pierre Nahon,
Patrick Tanguy.

Louis et Marjolaine remercient l'ensemble des modèles
qui se sont prêtés au jeu de leurs mises en scène, et plus particulièrement /
*Louis and Marjolaine would like to thank all the models who agreed to play along with their mises en scène,
and in particular :*
Philippe Aigle,
Jacques Audiard,
Sam et Noam Avad,
Théodore, Carmen et William Bachelot,
Arnaud Butegain,
Benoît Bliteck,
Lou Bonadei,
Alain Bouchet,
Tom, Gaspard et Robinson Bouchet,
Jean-Luc Breon,
Mélanie Chabaud,
Étienne Degaesteke,
Nicolas Diaz,
Marie Fleury,
Véronique Grisseaux,
Daniela Iaiza,
Sébastien Lemercier,
Gwendoline, Manon et Alice Nicol,
Adrien Nollet,
Hélène Riou,
Anne-Laure Simonian.

Le texte a été composé en / *The text is set in*
Filosofia regular, *Filosofia italic,* **Filosofia bold**.

La photogravure a été réalisée par / *Photoengraving by* Quat'coul, Toulouse.

Cet ouvrage a été achevé d'imprimer en mai 2006 sur les presses de Syl, Barcelone, Espagne.
Printed in May 2006 by Syl, Barcelona, Spain.